5分後に世界が変わる
〜不思議な出会い編〜

スターツ出版文庫編集部・編

STARTS
スターツ出版株式会社

目次

5分後に世界が変わる～不思議な出会い編～

パラレルワールドわたし

百度ここ愛

コインランドリーの洗濯機から、女の子が這《は》って出てくる。なにを言ってるか、わからないと思うけど、私自身よくわかっていない。

「いいタイミングで出れたみたい」

ひとりでつぶやく彼女の言葉に、目を丸くした。ショートカットのその子は、ブレザーにスカートの制服姿。セーラー服の私には少し新鮮《しんせん》なデザインだった。

私と同い年くらいの彼女が、髪の毛を揺らして膝と腰をポンポンっと払ってから私に気づく。

「あ、お姉さん。なに洗いにきたの？」

正直に言えば、質問に答えるような気分ではない。それよりも女の子が、洗濯機から這いずり出てきたことのほうが気になる。でも、私は誰かに話を聞いてほしかったみたい。するすると唇から言葉が飛び出していく。

「先輩とのデートのために買ったワンピース」

「あー家で洗うと縮《ちぢ》んだりするもんね」

うんうんとうなずきながら、唇を人差し指で遊ぶ。そのクセに見覚えがあった。いつの間にか私に移ってしまったおばあちゃんのクセ。

「でも、高校生くらいでしょう？　こんな時間に大丈夫？」

彼女は興味津々といった雰囲気《ふんいき》で、コインランドリーの中を歩き回る、私への質問はしつつも。私と同い年くらいに見える女の子に、時間の心配をされるとは。

ワンピースのことは、正直もうどうでも良くなっていて、今は目の前の親近感が湧いてしまう彼女のほうが気になっている。

「いや、そんなことよりどうして洗濯機から出てきたの？」

「洗濯機じゃないと合わないらしくてさ」

「なにが？」

「私の体質的な」

洗濯したての服のようなふわふわとした答えに、くすっと笑いがこぼれた。

「いやいや、お姉さんもきっとそのうちわかるよ。やっぱり洗濯機が一番だなーみたいな」

どこまでが冗談で、どこまでが本気なのか、分からない。もしかしたら、私が来る前から洗濯機に隠れていて、出てきた時にはちょうど私がいたのかもしれない。

それだったらすごい女優だなこの子。恥ずかしそうな雰囲気は、まったく感じさせない。

「それより時間、大丈夫？」

何度も繰り返される質問に、あきらめて答える。

「大丈夫。誰も私のことなんて気にしないから」

言葉にしてからグサリ。また大きなナイフが胸に突き刺さっている。家族からの愛を、彼氏で埋めようとして、彼氏には『彼女ができた』なんて振られてしまったのに。付きあっていたと思っていたのは、私の独りよがりだった。

「やっぱり？　そんな気がした。でも、大丈夫だよ、自分自身が愛せれば」

全てお見通しかのように、彼女は指で銃を作って私の胸を撃ち抜く。自分自身で愛すなんて、難しいことをいとも簡単なことのように言うから。つい笑ってしまう。

「楽観的だね」

「そう？　でも、そうだね。楽観的になれたかも」

「そうなのかぁ」

「そうだねぇ、私のおかげかも」

「っていうか、あなたもこんな時間に出歩いていて大丈夫なの？」

同じ質問を返せば、唇をにぃーっと薄く開く。作り笑顔を作る時の私と同じクセだった。

「この時間じゃないとやっぱり、ダメみたいで。体質なのかなこれも」

「全部体質なのね」

「そうそう。元彼とうまくいかなかったのも体質のせいじゃない？」

体質のせいにしてしまっていい問題なのだろうか。

「どんな人だったの？」

「優しくて温かい先輩」

「年上かぁ、やっぱり年上だよねぇ」

「先輩なら受け入れてくれると思ったんだ」

　好きになった人は、初めて私の名前をちゃんと呼んでくれた人だった。おばあちゃんが、キラキラと光る朝日を見て付けてくれた私の名前を。

　爽亮《そうすけ》先輩は、私にない全てを持っている人だった。誰にでも話しかけられる強さも、決めたことをゆずらない姿勢も、人に対する優しさも。

「朝夏《あさか》、今日はエチュードやるぞ」

　真面目に活動してるのは爽亮先輩だけの演劇部で、私は爽亮先輩の練習に毎回付きあっていた。爽亮先輩はどう思っていたのか、わからないけど、私の居場所を作ってくれたのは爽亮先輩だったと思う。

　家族ともクラスメイトとも、うまく話せない私は、そこ以外に居場所がなかった。だから、爽亮先輩が求めればエチュードにも、買い出しにも付きあった。私の薄暗い日々の中で、ささやかな幸せの時間だった。

「はい！　爽亮先輩」

「朝夏は、はい！　ばっかりだな」

そう言って歯を見せて笑った爽亮先輩の顔に、私は恋に落ちた。簡単に恋に落ちた私は、ますます「はい！」と頷くことが増えていった。その度に、爽亮先輩は「また、はい！　ばっかり」なんて言って、私が恋に落ちた笑顔を見せてくれる。


「好きだ、付きあおう」

ふたりきりの部室の中で、爽亮先輩が私の目を見ながら言ったとき、舞い上がってこのまま死ねればいいと思った。

家に帰っても、誰とも会話もない。唯一、私を見てくれたおばあちゃんはもういない。だから、幸せのまま、爽亮先輩の横で死にたいと願っていた。

舞い上がって、言葉を発せられずに私はただコクコクと何度もうなずいた。嬉し涙を目に溜めて。

一生一緒に過ごせたらいい。私の居場所は爽亮先輩の横だけだから。なにも口にできない私に、爽亮先輩は困ったように笑ってそれっきりなにも言葉にしなかった。

爽亮先輩の彼女になれた、と思っていた私に衝撃《しょうげき》を与えたのは、夏休み間近の爽亮先輩の一言だった。

「彼女ができました！」

部員たちがヒューヒューと冷やかして、拍手をする。そんな歓声《かんせい》の中で爽亮先輩が今まで見たことのない顔で笑う。あまりに幸せそうな顔に、私も一緒に微笑《ほほえ》んでしまった。

疑うことなく私のことだと思っていた。そんな私を馬鹿にするように現実は冷たい。嬉しそうに見せびらかされた爽亮先輩のスマホに表示されている彼女は、私ではなかった。微笑んだ唇はうまく戻らず、きっと他の人から見てもひきつって変な形になっていたと思う。

あまりの衝撃に、どうやって家に帰ったかもわからなかった。それでも、信じきれない私はまだ淡い期待を持って爽亮先輩にメッセージを送る。

「彼女できたんですね、あの部室でのことは、違ったんですね」

わざと、あいまいな文章にする。違うと言われるのが、怖くて素直には聞けなかった。布団に寝転がってるのに、足がガクガクと震えて今にも倒れてしまいそう。

「おう、できたよ！　部室でのことってなに？」

知らんふりをしてるのか、爽亮先輩の中ではエチュードの一幕《ひとまく》のつもりだったのか。分からないけど、もうどうでも良かった。押し寄せる痛みに、歯を食いしばって目をつぶって耐えるだけで精一杯だった。

震える肩を抱きしめることも、声を上げることもできず、ただ痛みをひとりで耐える。今までで、一番痛い、胸の痛みに、身体がぐちゃぐちゃに割れてしまいそう。

私の居場所を作ってくれた、大切で愛《いと》しい爽亮先輩。匂いも、表情も、爽亮先輩との時間は、全て覚えている。思い出せばキラキラと輝いていた時間ばかり思い浮かぶのに、それは全部、全部、エチュードをしてる場面ばかりで。私だけが、勘違いしていたと思い知らされる。

いっそのこと、このまま、身体がバラバラに崩れて溶けて消えてしまえば。少しは、爽亮先輩の心に残ることができるのだろうか。時間を巻き戻せるのなら、『好きだ』と言われたあの日、あの場所で、そのまま消えてしまえばいいのに。

ううん、こんなに傷ついて苦しむくらいなら、爽亮先輩に出会いたくなんてなかった。私の居場所を勝手に作っておきながら、崩さないでほしかった。この痛みはひとりで耐えるには、あまりにも痛すぎる。

今でもあの日のことを思い返すだけで、足が震えてくる。ぎゅっと手のひらを握りしめて唇を噛んだ。それでも、興味津々のように私を見つめる女の子に、なんとか言葉を口にする。

「先輩のために買ったものなんだけど、一回も着れなくて。でも、洗ったら着れるかなって」

「機会がなかったけどその人専用だったんだねぇ。洗ったら真っさらになって確かに着られるかもねぇ」

　笑顔でうんうん、とうなずきながら私の言葉にあいづちを挟《はさ》む。自分と話してるみたいで心地よくて、つい口から言葉がどんどんと出ていく。

「でも、一回家で洗ってもダメだったの。手放せないし、着れないし」

「なんで？」

「え？」

「なんで手放せないの、着れないの？　もう別れたんでしょ」

　別れたんでしょ、という言葉が胸に真実を突きつけて、心臓がどくんっとより大きく鳴った。わかっていても、私は未練《みれん》がましくあの人の残り香《が》を探してしまっている。別れてもいない。ましてや付きあってすらいなかったのに。

　痛む胸を抑えながら、ハッとした。

――まだ、私は別れられてないんだ。あのときの気持ちと。

　まるで踊ってるかのように、女の子は私の周りを歩きながらぽつ、ぽつと言葉にする。私が逃げ続けていた、気づき始めていたことを。

「別れ時ってことなんじゃないのー？　たった一枚のワンピースのためにコインランドリーまでわざわざ来てめんどくさいじゃん。洗うのはコインランドリーが代わりにやってくれるけどさ」

「でも、コインランドリーに来るまでが、めんどうだな、くらいだよ」

　未練がましい言い訳でしかない言葉をまた、私は口にしてしまう。

「だって、本当は家で終わる話じゃん」

　うんうんと、変わらずあいづちを打ちながらも女の子は、私の意見をバコーンバコーンとキレイに打ち返していく。

「そんなにそれじゃなきゃダメ？　新しいもののほうがしっくり来るんじゃない？　恋じゃなきゃダメ？　それにしがみついてるのは、先輩への思いにしがみついてるだけじゃない？」

　何回も打ち返されるボールに、私のHPは残りゼロギリギリだ。クラクラしながらも強がって、女の子に作り笑顔を向ける。

「安心したかったんだなぁ、私」

「それにその先輩そんなにいい人だった?」

「いい人だったよ、優しい笑顔の素敵な」

「思い出補正かかってるだけじゃない? 好きだから補正そろそろ取っ払うタイミングだと思うよ。まぁお姉さんの自由だけど。それに、本当に好きだった?」

また、どきり。本当に好きだった、と思う反面。ただの憧れで、唯一話しかけてくれる優しい先輩だったからすがり付いていただけな気もする。

女の子は近くにあったイスに腰かけて足をパタパタと跳ねさせる。その仕草になんだかふわっと私の身体が浮いた気がした。

「自分自身を見つめ直せってことなのかなぁ」

「そうかもね。なにが辛くて、どうしたくて、どうして泣いてるのか、わかってくれて、自分を救いに来てくれるのは自分なんだから。私は私を愛せます、大丈夫。人に依存しなくたって、私がいるからさ」

女の子は、立ち上がったかと思えばぎゅっと私を抱きしめて背中をトントンと撫でる。背中を撫でる手があまりにも優しくて、頭の中も、身体もぐちゃぐちゃになりそうだ。

爽亮先輩を忘れたくて、居場所がほしくて。でも、私の本当の望みは誰かに抱きしめられて、大丈夫だと言ってほしかったのかもしれない。

言葉にせずに頷けば女の子は、満足したように私から離れる。もう一度軽いハグをしてから、「よし」と小声でつぶやく。出てきた洗濯機を指差して頷いて、私のほうを見て手を振った。

「うん、じゃあお姉さん、ばいばい」

「帰るの？」

「うん、私が来た理由は終わったから」

「私に話しかけること？」

「うーん、どちらかといえばつなぐことかな。まぁ最後はさ、自分自身が一番信じれるし。助けに来てくれるんだよ、やっぱり。だから、つないだの私」

わかるようでわからない言葉に首を捻《ひね》る。相変わらず、女の子の言葉は洗い立ての洗濯物のようにふわふわとしている。

それでも私を抱きしめながら、伝えてくれるのはやっぱり私がほしかった言葉で。

「大丈夫。愛せるよ私のこと」

「本当は彼氏なんかじゃなかったの」

「そっか」

「私が勝手に思ってただけだし、ただ居場所がほしかっただけなのかも」

「そっか」

「いつか幸せになれる？」

「自分を愛せるようになったらね」

「なれるかな」

「多分、辛い日々は変わらないよ。そこから飛び出すまでは。でも、いつかは、幸せで自分を愛せるようになるよ。ちゃんと自分自身を見てあげなよ。辛いなら辛いって言えるようになりなよ。話しかけてくれる子だって、クラスにもいるでしょう？　誰かひとりに固執《こしつ》する必要なんてないよ。居場所はいくらでも作れるんだから」

言われてみれば、私はどこでだって受け取るばかりだった。誰にも見つけられないのが怖くて、ひとりで小さくなって、自分のことも、周りのことも見れていなかったんだな。

彼女を見れば、彼女はニコッと歯を見せて笑った。

「あなたは、大丈夫なの？」

「私が愛しに来てくれたからね」

「そっか」

それから彼女はもうなにも言わずに、洗濯機に入り込む。慌てて追いかけてのぞきこんでも、そこにはもう彼女はいなかった。ただ、洗濯槽《そう》が広がってるだけの空間に、つい笑いが溢《あふ》れる。ありがとうは言いそびれたな。

ワンピースの入った紙袋を振り回しながら、帰り道を歩く。このワンピースは家に帰ったら、捨ててしまおう。私にはもう必要のないものだから。

すぐには、できるようになれないかもしれないけど。家に帰ったら自分を抱きしめて寝よう。大丈夫。いつかは、居場所ができるよ、私。

そのために、明日はクラスメイトに話かけてみようかな、私から。そんなことを考えながら、夜空を見上げれば不思議な予感が胸の中に広がる。

いつか私も洗濯機を通って、別の私に会いに行く。抱きしめて、大丈夫だよ、と伝えて、安心をつなぐ予感だった。

天霧さんの世界には雨が降っている

よすが爽晴

天霧《あまぎり》さんは、雨に愛されている。

愛されているなんて聞こえのいいそれも蓋《ふた》を開ければ単純なものではなくて、ただ文字どおりの事実を現した言葉以外の何物でもないと僕は思っている。

窓の外に広がる梅雨《つゆ》明け特有の雲ひとつない深い空と、眩《まぶ》しすぎるほどの日差しがガラス越しに僕を貫《つらぬ》く。校庭からは部活動の朝練をする声だけが響いていて、それ以外は世界から切り離されたように聞こえない。

「っ……」

あぁ嘘《うそ》だ、聞こえる。こんなにも晴れた日だというのに、場違いなほどの水の滴《したた》る音が。小さく楽しそうにも聞こえる足音と一緒に近づいてくるそれは、僕しかいない二年四組の教室に向かっているようで次第に大きくなっていく。

この水の音も、足音も。それから、ドアにつけられた磨《す》りガラス越しに見える人影と極端《きょくたん》に曇天色《どんてんいろ》をした背景も、全部見慣れたものだ。

カツン、とドアのスライドになにかが当たる音と、目の前に現れた空色の瞳を覗《のぞ》かせている文字どおり濡れた長い髪。普段となんら変わらないその姿に、思わず僕は頬《ほお》を緩めた。

「今日も早いのね―。おはよう、あおくん」

「今日も派手に雨が降っているね、おはよう天霧さん」

彼女の頭上には、今日も雨が降っている。

＊＊＊

雨女や雨男、晴れ女や晴れ男と比喩《ひゆ》する言葉はどこにでも存在をしている。都合の悪い天気を誰かのせいにしたいのはいつの時代も共通らしく、雪女に至っては妖怪の部類にもなってしまう。

そんな言葉たちの中でも彼女、天霧さんの場合は群を抜いてそれが似合っている。文字どおり雨女の天霧さんがいるところには、いつだって雨が降っている――天霧さんの頭上限定で。

『これね、遺伝なの。面白いでしょ？』

物理的雨女こと天霧さんはいつだったか、そんな話をしながらまるで他人事のように笑っていた。

雨が頭上で降ることが遺伝の関係という話もそうそう聞くようなものではなかったが、彼女いわく先祖に関係しているとか。なんでも腕のたつ陰陽師かなにかだったその先祖は、ある日荒神《あらがみ》を怒らせてしまったらしい。その際に許しを求めたところ、殺しまではしないが末代まで一生雨に降られる呪いをかけられたと彼女は言っていた。信じられるかと聞かれればもちろん答えはノーだけど、実際に目の前にいる彼女の頭上にあるのは紛《まぎ》れもなく雨雲と呼ばれるもの。百聞《ひゃくぶん》は一見《いっけん》に如《し》かず、これを見せられて信じられませんと言うほうが難しいものだった。

滴る雨は彼女の肌を滑り、ぽたりとワックスが少しだけはがれた床に吸い込まれていく。吸い込まれるという表現よりはまるで溶けているようで、ぽたり、ぽたりと流れたかと思うと最初からなにもなかったように消えていく。

しかし彼女の肌や髪、制服や鞄《かばん》などは濡れたままで、その部分だけ色を濃く変えている。自分の意思で拭けば乾くとは言え彼女自身や彼女が触れているものには呪いとやらが有効らしく、話を聞いたときは正直不便だなと思ったのをよく覚えている。

今日だって濡れた髪を揺らして、僕を見ながら無邪気に笑っていた。

「昔ばなしって思えば、私の体質って面白い話だよね」

「面白いかどうかは別として、風邪ひくから濡れた部分は拭きなよ」

天霧さんはわざとなのか天然なのか、身体を拭かずよく濡れたままでいる。それが僕には——こう、目に毒なときもあって。つい、見ていて僕のほうが恥ずかしくなることも多い。

ふいと目線を逸《そ》らしながら小さめのタオルを取り出して渡すと、天霧さんは嬉《うれ》しそうにそのタオルで胸元の水滴を取っていた。またすぐに濡れてはしまうが、それでも少しだけ拭いたところが乾いて色を変える。

思い出してみれば、今でこそ慣れたものだが最初に彼女と出会ったときは衝撃的であった。

確かあれは、入学式の最中。

無事に入学式を迎えた喜びからだったのか頭上の雨雲から虹を覗かせていた彼女は、教室に戻ってからも雨を降らせ続ける雲で人気者になっていた。入学してからしばらく経《た》った頃の席替えで隣になった僕はそれ以降も彼女と話す機会が多く、こうして二年生になった今も変わらない関係を続けている。

「だから私は、昔ばなしの雨女……お母さんもおじいちゃんも、みんな同じなの」

そう話す彼女は静かに笑うと、日直だったようで昨日から黒板に書かれたままだった白い文字を消していく。

個人的には荒神をなぜ怒らせたとか、荒神もどうしてそんな呪いをセレクトしたのかなど気になることは多いけど、これ以上は触れないでおく。

「……けど、雨ねぇ」

「意外に悪くないよ、雨が降っているのも」

僕からすれば自分の周りだけ雨なんて絶対に嫌だけど、物心ついたときにはすでに今の状態だった彼女は、満更《まんざら》でもないようで。天霧さんは僕の零《こぼ》した言葉を拾い上げると、優しく頬を緩めながら校庭へ目をやった。

「例えば、あれ」

黒板消しを置きながら、彼女は窓の外を指さしている。

なにかと思い目線を向けると、そこにあったのは園芸部の作った小さな花壇《かだん》だった。花たちは華麗《かれい》にイキイキとした表情を見せ、これでもかと言わんばかりに咲きこぼれている。

「私があの花たちを近くで見るだけで、水をやることができるでしょ？」

「それって、ただのめんどくさがり屋じゃん」

ちゃんとジョウロを使ってあげてほしい。

けどもちろん、彼女お得意のジョークであるとわかっている。だって彼女の雨は、彼女から離れると消えてしまうから。

そんな彼女の言葉に肩を落としながら、今度はさっきよりも悲しそうに微笑《ほほえ》む。

「それに、泣いているのも隠すことができるから」

「っ……」

今のは、ジョークに聞こえなかった。

確かに彼女の言うとおりだ。天霧さんはいつだって雨に濡れているからか、泣いている顔がわからない。今こうして微笑んでいる表情だって、もしかしたら泣いているかもしれないし、そう思ってしまうと僕の胸がなにかに掴《つか》まれたように息苦しく思えてしまう。

どう返せばいいのか、なんて返せばいいのか。

「天霧、さん……」

「……ふふ、ふふふ」

「……え？」

そんなことを考えながら目を伏せていると、対する天霧さんは突然こらえきれなくなった様子で、楽しそうに声を出して笑い始める。

なにかと思えば、天霧さんの頭上の雲もこころなしか落ち着いて見えた。

「もちろん、今のもジョーク」

「いや、どこが……」

少なくとも、僕には全くジョークに聞こえなかった。一方の天霧さんはあっけらかんとした様子でびっくりしたかな、なんて言いながら目を細めている。

「あおくんが思っているよりも、この雨は便利なの」

嬉しそうに笑った天霧さんだったけど、僕はそう思えなかった。だってここだけの話、雨は得意ではないから。湿気だってすごいし、天霧さんと違って濡れることに慣れていないからすぐに風邪《かぜ》をひいてしまう。

本当に、便利なだけなのだろうか。

そんなことを考えて、つい言葉を選んでしまう。

「……けど一回くらい、その、不便と思ったことはないの？」

「不便？」

きょとんとした様子で首を傾げた天霧さんは、記憶を手繰《たぐ》り寄せているのか黙ってしまう。かなり真面目に考えているのか、唸《うな》り声も聞こえてくる。

「あおくんが思っているような不便さは、ないと思うけど」

そこまで言葉にしたところで、なにかを思い出したのか顔を上げる。

「あぁそうだ、温かいご飯が濡れてしまうのは少しだけ悲しい気持ちになるかも」

そんなことを言いながらも、天霧さんの表情はそれほど深刻ではなかった。多分だけど、そこまで重要な事ではないのだと思う。

きっと天霧さんの世界では、雨はあたりまえの存在だからそこまで気にしたことがないのかもしれない。不便だと思っても、そんな何気ないことばかり。天霧さんと一緒にいても、これだけはちっとも理解できなかった。

「不便といえば、湿気とかで髪が上手くまとまらないのは困った話かも。どうせ濡れちゃって意味がないけどね」

自分の髪を触る天霧さんは、言葉とは裏腹に少しだけ楽しそうだった。濡れる長い髪は窓越しの日差しに照らされて、宝石のように眩しい。

「……さっきからじっと見ているけど、私になにかついている？」

「え、あ、いや、別に」

彼女は、人をからかうのが上手だ。

自分でもどうかと思うくらいあからさまにごまかし、目を逸らす。見透かされているようで恥ずかしいなと考えながらもちらりと彼女へ意識を戻すと、本人はなにを考えているのか寂しげに目を伏せていた。

「不便、不便かぁ……けど、確かにそうかも」

含みのある言い方をした天霧さんの言葉は、さっきまでと違って少しだけ暗い。なにかを思い出した様子で、整えられた眉を八の字にしながらそうだね、と言葉を続けてくる。

その声は、どこか諦《あきら》めも滲《にじ》み出ていて。

「あおくんの言うとおりこの体質、慣れていても悲しいことはあるかもね」

そしてどこまでも、冷たいものだった。

＊＊＊

雨雲でクラスの人気者になった天霧さんだったけど、人の気持ちが変わるのはいつだって早い。最初は物珍しさで彼女に近づいた人たちも、その不便さを見てすぐに離れていってしまった。

遊びに誘っても雨がついてきて、晴れることはない。カラオケに一緒に行ったというクラスの女子が雨音で集中できなかったと話していたのを聞いたときは、天霧さんに少しだけ同情した。彼女の雨音は、わざとじゃないから。

そんなことが何回かあったからなのか、しばらく経つと彼女の周りの人はほとんどいなくなっていた。遠巻きに、最低限だけを話すそんな関係。

そんなときだ、僕が天霧さんと席が隣になったのは。

思い出すとあの頃の天霧さんに対する印象は、お世辞《せじ》にも良いものじゃなかった。だって、彼女の周りに雨が降っているから。ずっと雨音が響いて、青い空はどこにもない。隣を見てもそんな薄暗い景色しかないから、目を合わせるのも最初は避けてしまっていた。

けど僕は、知ってしまった。あの曇天の下に、どこまでも明るい太陽があるって。周りから避けられても、いつだって自分を崩さない。そんな彼女と触れた分だけ、彼女の魅力《みりょく》を見つけることができた。止《や》むことのない雨のように、見張るような青空のように、絶えず彼女の魅力はあふれている。

「――雨が悪者なわけではない、雨が似合わない場所があるだけ、だったかな」

彼女から出会って間もない一年生の頃に聞いた言葉を思い出して、そっと呟《つぶや》いた。体育祭が雨で延期になったのを嘆くクラスメイトを見ながら、彼女は僕にだけ聞こえるような声でそんなことを言っていた。それに僕がどう返したかはもう覚えていないけど、彼女の発したその言葉はずっと僕の中に存在し続けている。あっけらかんとした声で、けれども少しだけ寂しそうに呟いていた彼女の姿は、忘れられそうにない。

彼女にとっての雨と、僕にとっての雨はきっと違う。けど、そのときからかもしれない。雨が案外悪いものではないと、彼女の横で聞く雨音が少しだけ心地良いと感じるようになったのは。ちょっとだけ憂鬱《ゆううつ》だった雨が、好きになれたのは。

きっと本人に言ったところで茶化されてしまうのが目に見えていることを考えながら、ふと今日の朝の会話を思い出した。

「慣れていても、悲しいこと……」

あれほど雨が悪いわけではないと言っていた彼女でも、悲しいと思うこと。それはいったい、どんなことなのだろうか。

朝に比べるとほんの少しだけ薄い雲がかかった空の下で、僕はひとりそんな言葉を零していた。しばらくその意味について考えてみたけど見当がつかなくて、まるでなぞかけをされている気分になってしまう。

やっぱり、彼女は人をからかうのが上手だ。頭の中は彼女でいっぱいで、なんだか天霧さんの手のひらの上で転がされているような気もする。

そんな曖昧《あいまい》なことを考えながらも、帰り道にある石畳《いしだたみ》の古い階段を一段一段ゆっくりと降りていく。

本当に、彼女の言葉の真意が僕にはわからない。

「僕、天霧さんのことなにも知らないなぁ……」

あの掴みどころのない天霧さんでも、悲しいと思うこと。悶々《もんもん》と見えない正解を探しながら歩いていると、小さな公園に差しかかったところで僕の肩にぽとりとなにかが当たったような、そんな気がした。

「あ、雨だ」

通り雨なのか、細かい雨粒が肌に当たる。きっと天霧さんは毎日浴びているだろうそれだけど、僕には少しだけ冷たい。

「早く帰らないと……ん？」

取り出した折り畳み傘をさしているときにふと目に留まった影は、ひどく見覚えのあるものだ。

錆《さび》ついたブランコとそこまで充実しているとは思えない遊具、それと申し訳なさそうに数個点在するベンチのみ。そんな公園でベンチに傘もささずに座っている影は空のほうを見ているようで、濡れた黒い髪が場違いにもきれいに思えてしまう。

陶器《とうき》のように澄んだ肌と人形のように吸い込まれそうなほど艶《つや》やかな空色の瞳は、間違えるはずもない。

ゆっくりと近づきながら確かめると、その正体はやっぱり僕もよく知っている存在だ。

「えっと、天霧さん……？」

「あれ、あおくん」

文字どおり雨に愛された彼女は僕に気づくと、どことなく嬉しそうに目を細めながら今帰りなのね、と言葉を続けてくる。

「うん、委員会の手伝いが長引いたから……天霧さんは？」

「あおくんのことを待っていた……なんて言ったら、びっくりする？」

「え、は……！」

「もちろん、今のもジョーク」

「……天霧さん？」

自分でも恥ずかしいくらい、動揺してしまった。

あからさまに不機嫌な顔を作ると、天霧さんはごめんごめん、と本当に悪いと思っているのかわからないような口調で僕に笑ってくる。

「ちょっとね、少し空を見ていただけ」

「空？」

目を向けても、そこに広がるのは曇天の空。目を細めても続くのは、どこまでもくすんだ空だけだ。これで空を見ていると言われても真意がわからず、僕は思わず素《す》っ頓狂《とんきょう》な声を出した。

彼女にとってはそれすらも面白かったようでなにその声、と笑われてしまったけど。

「だって今日は、空がよく見えるから」

「よく見えるって、どこが……あっ」

その言葉に、はっと顔を上げる。

曇天が広がる前は、確かに薄い雲の中でも遠くのほうに青い世界が広がっていた。もしかしたら、彼女の見ていたという空はそちらのほうかもしれない。

普段の彼女の頭上は、どこへ行っても曇天のまま。青い空は彼女の雨雲に存在しないようで、彼女がどれだけ上を見ても青い空が広がることはほとんどない。勝手な憶《おく》測《そく》で考えていたことはどうやら正解だったようで、ここは遮《さえぎ》るものが少ないから、と笑っていた。

天霧さんの言うとおり、この公園の近くにはそう大きな建物があるわけではなく遠くまでよく見える。

「それにここなら、私の雲以外もきれいに見えるでしょ？」

「っ……」

あまりにも悲しい言葉に、僕の指先がピクリと跳ねた。

こんな気持ちに天霧さんをさせるなんて、天霧さんの先祖は本当に身勝手だ。こんなにもきれいな彼女は空が見たいだけなのに、それをあの雲は邪魔をしているから。

そんな思っていても言えないことを浮かべながらまた悶々としていると、天霧さんは僕を見てどう思ったのか、楽しそうな様子でねぇあおくん、と僕を呼ぶ。

「今、私に同情したでしょ？」

「あ、や、そんなことは」

「顔に書いてある」

そんなつもりはなかったけど、知らないうちに表情に出てしまっていたらしい。申し訳なかったなと目を伏せていると、彼女はなぜだかわからないけどどこか調子外れな様子で笑っている。

「何度でも言うけど、意外に悪くないから」

悪くないけど、空は見えない。

それは本当に、悪くないと言えるのだろうか。

青く透き通った空も、真綿《まわた》のように浮かぶ雲も。

全部をあたりまえに感じてきた僕には彼女がどう思っているのか想像できなくて、かける言葉が見つからなかった。

「ただ確かにちょっと、不便ではなくてもほんのちょっとだけ損をしていると思うの……だって私はどこまでも青い世界を見ることができない、視界には絶対に雲が見えてしまうでしょ？　それに……」

「それに？」

言葉を詰まらせた様子で、なにやら思わせぶりに僕を見ている。

なにが言いたいのだろうかと首を傾げて待っていると、天霧さんはまた人をからかうような表情を浮かべてそうね、と言葉を続けてきた。

「一緒にいても、楽しくないって思われるから……それに手をつないでも、相手のことを濡らしちゃうもの」

「……それ、は」

それはあのときの、一年生のときのことを言っているのだとすぐにわかる。

寂しげな言葉と表情はどんな雨音よりも冷たく、チクリと胸になにかが刺さったような気がした。彼女の苦しみが僕にはわかるはずなくて、彼女の気持ちを理解できるわけがない。

それでも天霧さんの悲しそうな顔は、見たくないと思う自分がいる。

「……じゃあさ、天霧さん、これならどう？」

「なに、ってうわ！」

天霧さんが反応するよりも先に、傘を捨てながら顔をずいと近づけて息がかかる距離で止まる。

気づくと自然と指先を絡めていて、やけに心臓の音がうるさい。肌が触れているからだろうか、彼女の雨は僕の肩にも当たっている。当たった瞬間に、最初からなかったように消えていく。天霧さんの雨は思っていた以上に冷たくて、それなのに溶けて消えたようなあとは温《ぬく》もりすらも感じた。

「あおくん、濡れる」

「濡れないよ、大丈夫」

動揺してそんなことを言う天霧さんに、そっと優しく笑いかける。

「こうすれば、お揃《そろ》いだと思ったから」

「……あおくんはこんな大胆《だいたん》なこと、するタイプじゃないと思っていた」

「それはその、僕もびっくりしているというか」

「自分のことなのに？」

勢いだったなんて、とてもではないけど言えなかった。

そんな会話の最中でも冷たい雨は止むことを知らず、天霧さんの髪を緩やかに流れていく。天霧さんが慌てて僕を突き放そうとするから拒否の気持ちを込めてじっと目を合わせると、彼女はいつものからかうような様子を見せずに恥ずかしそうに頬を赤くしていた。

あれだけ意地が悪くてジョークばかり言う彼女だけど、それでも天霧さんが優しくて繊細《せんさい》なのは知っているから。

「……天霧さんは嫌かもしれないけど、僕は天霧さんのそういうところも好きだよ」

「っ……」

どう言えば伝わるかなんて考えていない、率直な僕なりの感情。

ありったけの気持ちを込めたそれに天霧さんは目を丸くすると、ゆっくりと頬を緩めてクスクスと笑い出して。

「いや、今のどこに笑う要素が」

「どうしてってあおくん……そういうところもってことは、それ告白？」

「——ばっ、いや、そんなつもりは！」

「これもジョークよ」

コロコロと表情を変える彼女に今度は僕のほうが恥ずかしさを感じて口をとがらすと、ごめんごめん、とまた冗談めかして返された。なんだよ、カッコつけて損したじゃないか。

「そんなまさか、雲の下に入られるなんて思ってもいなかったから。ちょっとだけびっくりした」

気づいたら天霧さんの向こうにある曇天の空も青さが戻ってきていて、それを見て彼女は目を細めていた。

遠くに見える虹を眺めながら呼吸を整える彼女は、イタズラに笑いながら僕に顔を近づける。吐息と吐息が重なり心臓が飛び出しそうなくらい緊張すると、ふわりと雨と石鹸《せっけん》の香りが鼻をくすぐってきて。

「誰かと雨雲の下にいるのは、初めてかも」

嬉しそうに言葉を落としながら、今度は彼女のほうから指先を絡める。

「手をつなぐって、温かいね。雨雲の下にひとりでいたらわからなかった」

太陽のように笑って、宝石のような髪を揺らす。

どこまでもきれいで見惚《みと》れそうで、空いているほうの手を彼女の濡れた髪に伸ばす。

「――宝石みたいで、きれいだね」

笑顔も、濡れた髪も。なにもかも、全部。

青い空も、満天の星もきれいだと思える。けれども今の僕にとって、なによりもきれいと思えるのは曇天の下で輝く太陽のような笑顔だった。

「……そんなこと、初めて言われた」

声はいつもどおりだけど、からかう余裕はないらしい。頬を赤くしたままの天霧さんだったけど、すぐに目を細めていつもの嬉しそうな顔に戻ってしまう。

「……けど、あおくんばっかりきれいなものを見てずるいね」

「あ、いや、そういうつもりでは！」

「ジョークだよ、安心して」

今のは、全然ジョークに聞こえなかった。

「――あおくん。いつか私に、曇天色の世界がないきれいな『青い世界』も見せてくれるの？」

そんな、なんでもない言葉。

彼女がどんな気持ちで言ったかを考えるのは難しかったけど、僕は僕なりに返す言葉を選んでいく。

「……うん、もちろん。ずっと隣にいるよ」

だって雨雲と青空は、見えないだけでいつも一緒にあるものだから。

それなら僕が、天霧さんの雨が似合う場所になるから。

クラスのみんながいなくなっても、僕が彼女にとって笑顔になれる場所になりたい。

「じゃあおくん、期待しないで待っているね」

今はまだその雨を止ませることができないけど、それでも彼女に悲しい思いはしてほしくない。

「けど天霧さん、雨だって誰かとわけあえば悪いものじゃないでしょ？」

だから今はこうして、僕なりに精いっぱい悲しい色以外を天霧さんに見せたい。

それが彼女の求める世界なのか僕にはわからないし、これが正しいかはわからない。

けれども彼女が雨の中で見せた表情は、どんな青空よりもきれいだから。

「うん、そうだね——あおくんの言うとおり悪いものじゃないかも。だって、こんな近くにあおくんがいるから」

緩く笑った彼女は、ふとなにかを思ったように顔を上げる。

「けどね、あおくん」

少し、ううん。たっぷりイジワルな表情を浮かべた天霧さんは、あおくん、と確かめるようにもう一度僕の名前を呼んでくる。

「私、もうたくさん幸せな『あお色』は見せてもらっているからね」

「……へ？」

突然のことでなにを言っているか、僕にはわからない。

けど彼女はそれを言うだけで満足した様子で、それ以上はなにも教えてくれなかった。

ただその表情はどこか幸せそうで、曇天色を気にしていないように青い空へ目を向けていた。

天霧さんは今日も雨に、空に愛されている。

静かな夜は有料です

天野つばめ

レジ袋有料化は受け入れよう。飲食店のお冷やの全面有料化も仕方がない。店員の笑顔や敬語が有料化されたのも時代の流れなのだろう。

しかし、街中の人間同士の思いやりや気遣いまで有料化するのはいかがなものか。数年ぶりに帰国した日、電車で老人に席を譲《ゆず》ったらお金を渡された。あいにく、それを遠慮《えんりょ》するだけの経済的余裕はなかった。

家賃の安さに飛びついて決めたこぢんまりとしたアパートは見るからに壁が薄い。大家曰《いわ》く、隣の部屋の物音は丸聞こえなので、静かにしてほしいときは相手にお金を払うこと。静音料《せいおんりょう》というらしい。そして、ここの住人はほとんどが金のない学生なので挨拶《あいさつ》は不要だということ。挨拶には料金が発生する。俺が挨拶をすれば、学生は俺にお金を払わなくてはならない。彼らはあいにく今持ち合わせがないそうだ。

長旅に疲れた俺は部屋に着くなり荷ほどきをし、せんべい布団を敷いた。もう夕方なので、うるさい大学生たちが飲み会をして留守にしている間にさっさと寝てしまおう。

夜、ギュイーンというけたたましい音に、何事かと思い飛び起きた。明らかに隣の部屋からエレキギターの音が鳴っている。しかもお世辞《せじ》にもうまいとは言えない。中学生の後夜祭のほうがマシなレベルだ。時計を確認すると真夜中の一時だった。いくらうるさくしても良いとはいえ限度がある。

俺が呆《あき》れていると、今度は真上からドタンバタンと足音がひっきりなしに聞こえ始めた。生活音の範疇《はんちゅう》を超えている。明らかに意図的に足を踏み鳴らしている。あえて騒音を出すことで、静音料を俺からせびる魂胆《こんたん》だろうか。

その手には乗るかと安物の耳栓をして再び寝ようとしたが、足音とエレキギターの音の前では、銃弾に紙の盾で立ち向かうようなものである。これでは眠れない。

向こうも俺に静音料を払っていない以上、俺には隣人に対して大声で騒音に抗議する権利が認められている。一回り年下の若者に対して、この屁理屈は非常に大人気《おとなげ》ないとはわかっている。しかし、いかんせん余裕がない。俺は隣の部屋の扉を激しくノックした。

「うるさいぞ！　何時だと思ってるんだ、このヘタクソ！」

夜中に大きな音で楽器をかき鳴らすくらいだから非常識なバンドマンだと思ったが、おずおずと出てきたのは気弱そうな青年だった。髪こそ染めているものの、そばかすと垂れ目のせいで非常に頼りない印象である。

「僕のギター、下手でしたか？」

あまりにもびくびくと反応され、こちらがいじめているような錯覚《さっかく》に陥《おちい》ってしまう。しかし、心を鬼にして言った。

「はっきり言って耳障《ざわ》りだから、深夜くらいは静かにしてほしい」

青年は泣きそうな顔になっていた。

「どこが下手か教えてくれませんか」

音楽的な話をしているのではないのだが、変なポイントに食い下がられ困惑した。

若い頃、趣味でギターを嗜《たしな》み、海外のロックバンドに熱を上げていた時代もあるので、どこが不快であったか説明することはできる。しかし、俺はそんなことよりも練習をやめてほしかった。

「そういう問題じゃない。せめて深夜くらい音出しをやめてくれ」

「すみません、本当は僕もスタジオで練習したいんです。僕に静音料を払ってくれませんか。そうしたら、スタジオ代が払えるので家では静かにします」

申し訳なさそうにはしているが、ちゃっかり静音料を請求されている。やり口が非常に汚く感じるが、現行法において青年はなにひとつ間違ったことを言っていないのが厄介《やっかい》だ。

小銭程度であれば静音料を払ってもいいが、静音料はスタジオ代相当、すなわち非常に高い。一日の静音料は俺の一週間分の食費と同額だ。とても毎日は払えない。しかし、この青年にこれ以上話しても無駄だと悟ったので諦めて自室に戻ることにした。

「ダメなところを教えてください、お願いします。プロを目指しているんです！」

青年はなおも食い下がる。教える代わりにアドバイス料を払えと言いたかったが、ない袖は振れないだろう。そこで俺は提案をした。

「交換条件だ。俺の部屋の真上にはどんな輩《やから》が住んでいるか教えてくれないか」

「彼は同じ学部の友人なんですが、プロのタップダンサーを目指しています。ストイックな奴で、僕も見習いたいと思っています」

絶対に見習うな。見習わないでくれ。俺は頭を抱えた。約束どおり三弦の調弦が狂っていて聞き苦しいと伝え部屋に戻ったが、俺の耳も心も一晩中休まることはなかった。


翌日、俺は画材を買いに町へと出かけた。街頭のテレビではどこぞの有名小説家の遺《のこ》したメモが目玉の飛び出るほどの高額で落札されたというニュースをやっていた。

俺とは対照的に景気のいい話だ。

数年前まで俺は売れっ子の画家だった。それこそ、俺が練習で描いたものや失敗作ですらあの時ならば高額で売れただろう。俺の絵は海外で特に受けた。いわゆるワビサビブームが、日本画の要素を取り入れた俺の絵の人気を後押しした。身の回りのものを全て豪華絢爛《けんらん》なブランド物で揃え、贅沢《ぜいたく》の限りを尽くした暮らしをしていた。しかし、人気が低迷しあっという間に生活が立ち行かなくなり、こうして帰国して貧乏暮らしをしている。

画材を買い終え、家で仮眠を取ろうとしたが、大学というものは講義の時間がまちまちで、休み時間に帰宅した上の階のタップダンサー気取りと隣のギタリストもどきの騒音にたびたび起こされる。

どうせ眠れないのなら絵を描こう。俺は開き直った。買ってきたばかりの画材を使って絵を描き始める。集中しろと自分に言い聞かせ、ひたすら手を動かす。ちょうど乗ってきたところで、一際《ひときわ》大きいエレキギターの音が鳴り響いた。隣のあいつだ。三弦の調弦がまともになったところで、不快であることには変わりない。俺の手が止まる。示し合わせたように上の階の住人が帰ってきてタップダンスを始める。

「ダメだ、描けない」

思わず独り言が口をつく。気が散るどころの騒ぎではない。俺は作業を中断した。俺の絵は「静の芸術」を売りにしているというのに、こんな環境では侘《わ》びも寂《さ》びもあったものではない。

その夜も次の日もさらにその次の日も、騒音に苛《さいな》まれた。上の階にも一度怒鳴り込んだが、居留守状態だった。偶然部屋の前で顔を合わせた隣の学生に聞いたところ、上の階の住人はタップダンスに熱中していると周りが一切見えなくなる性《さが》らしい。

ノックにもインターホンにも気づかなかったのだろう。その集中力の甲斐《かい》あって順調にオーディションを勝ち進んでいるらしいが、実力よりも先にマナーを身につけてほしいものだ。

一方、隣の学生はその間ずっと同じ曲を練習しているが、まるで成長が感じられない。

「最初の音から間違ってるぞ！」

あまりに不愉快なので、薄い壁越しに叫んだ。しばらくして、壁をノックする音が聞こえた。おそらくこの部屋に静寂が訪れることはないだろう。静かなアトリエでなければ絵が描けないなんて贅沢を言っている場合ではなさそうだ。仕事をしなければ生活費が稼げない。俺は再びキャンバスに向かった。

完成した絵は案の定碌《ろく》でもないものだった。騒音とそれに伴う寝不足で集中力を欠いた状態でまともな絵が描けるはずがない。しかし、それでも描かなくてはいけない。生活のために、何より、一線に返り咲いてこんな地獄のような場所から抜け出すために。

毎日毎日、絶妙にヘタクソなギターを聞かされて蕁麻疹《じんましん》が出そうだ。あまりにひどいときは壁越しにどこがおかしいのか叫んでいる。ノックの音が返ってきたあと、指摘したポイントだけはマシになる。アドバイスありがとうございますという意味のノックなのだろうが、そういうつもりはない。楽器演奏そのものが迷惑だ。

だからといって部屋まで乗り込んだのは初日だけだ。どうせ彼に演奏をやめる気はないのだから。それに、彼だけが大人しくなったところで静かな夜は訪れない。上の階のタップダンス野郎が更に遅い時間までドタバタと練習しているからだ。

もはやこの家に平穏が訪れることは完全に諦めていたが、今日はさすがに看過《かんか》できず彼の部屋のドアを激しくノックした。バンドの仲間を無理やり狭《せま》い部屋に集めて練習し始めたからだ。しかも、ドラムもベースもボーカルも、総じてリズム感がない。

「今すぐその不協和音をやめろ！」

俺が怒鳴り込むと、四人は揃って頭を下げるが、決して演奏を中止することはない。せめてもう少し上手であれば苛々することはないかもしれないと、徹底的にダメ出しをした。

しばらく住んだが、駄作ばかりを量産する日々が続いた。発想を逆転して、騒音をモチーフに絵を描いてみた。案外あえて作風を変えた作品の方が世に認められたりするものだ。しかし、慣れないことはするものではない。自分が描いたとは信じたくないほどにひどい出来栄えの作品を眺《なが》め、俺は溜息をついた。

体力も精神力ももはや限界だった。上と隣両方に静音料を払うくらいならいっそ引っ越ししてしまおうと俺は不動産屋の門を叩《たた》いた。いかにも上品なマダムという雰《ふん》囲気《いき》の人に対応された。俺が名乗ると、彼女は目を見開く。

「私、あなたのファンです。哀愁漂《あいしゅうただよ》う絵が本当に好きで」

彼女は俺のファンということもあり、非常に親身に対応してくれた。

「なるほど、確かに住居にお金をかけたくない芸術家の方は最近多いですね。静音料不要の物件ならありますよ」

提示された物件は、元の家よりほんの少し家賃が高かったが、静音料を払うよりは安く済みそうだ。背に腹は代えられない。即決してすぐに格安の引っ越し業者を手配した。私物をひととおり段ボールに詰めたが、少しだけスペースが余った。極貧生活で貧乏性が染みついてしまった俺はそのスペースがもったいないと思い、捨てるつもりだった駄作たちを入れた。

アパートで過ごす最後の夜もプロにはほど遠いエレキギターが鳴り響いていたが、最初の聞くに堪えない演奏よりはだいぶマシになっていた。

「Fコードの音がおかしいぞ！」

餞別《せんべつ》代わりに壁越しに叫んでやった。いつものようにノックが返ってきた。二度と彼と会うことはないだろう。

新居は前の家より狭かったが、寝たり絵を描いたりするスペースがあれば十分だ。

何より、壁にはオンオフ切り替え可能な防音材が入っている。デフォルト設定は防音モードがオンになっている。夜にゆっくり眠れば頭が冴《さ》え、昼は筆が躍るように動いた。

管理人が俺の部屋にやってきたのは一ヶ月後のことだった。

「防音システム切替の料金体系のことなのですが……」

俺はぞっとした。後払いだと言われても払えないからだ。

「おい、静音料は無料じゃなかったのか！」

「いいえ、今回案内するのは定額切替システムのことです。月々のお値段は……」

「今、オンになっているけどこれには金がかかるのか？　そんなの聞いていないぞ」

「いいえ。オフにするのにお金がかかるのです。不動産屋から聞いていませんか？」

何やら話が噛み合わない。

「オフに？　隣の音を聞くのに金が掛かるということか？」

「はい。都度料金と定額料金がありまして……」

「誰が好き好んで、金を払ってまで静かな夜を手放すと言うんだ。もう帰ってくれ！」

「そう言わずに。あなたの隣に住んでいらっしゃるのは一流のヴァイオリニストの方ですよ。彼女の練習を、格安で聴けますのでぜひご検討いただきたい」

確かに、先日挨拶した隣人には見覚えがあるような気がした。一流の作家はメモですら価値があるように、一流の音楽家は練習ですら価値があるのだ。これは一本取られたと俺はしばらく笑いが止まらなかった。

数年後のある日、俺の家のインターホンが鳴った。隣の部屋に新たな住人が来るらしい。彼もまた新進気鋭のミュージシャンだと聞いていた。挨拶に対して発生する費用を払うことができるほどの余裕が今の俺にはあった。

俺の絵は再び世に認められた。落ちぶれてどん底の生活を経験することで、海外での豪遊生活の中で忘れてしまったものを俺は取り戻した。

あの日、管理人が帰ったあとは久々に声をあげて大笑いしたせいか妙に頭がすっきりしていた。そんな時に、ふとボロアパートで描いた失敗作の数々が俺の視界に入った。心に余裕がなかった頃はゴミにしか見えなかったそれらも味のある作品に見えた。特にやけくそになって喧噪《けんそう》をモチーフに描いた絵は、アパートの騒音が鮮明に蘇《よみがえ》るほどの表現力だと我ながら感心した。しかし、それらの作品には共通してノイズが混じっていた。もう一度富裕層に支持される人気画家になりたいという雑念、華やかな街で遊び暮らす生活を取り戻したいという煩悩《ぼんのう》。それらが見え隠れする小賢《こざか》しい作品になってしまっていた。憑物《つきもの》が落ちた状態の俺は自分の絵を客観的に見ることができた。

俺の人気が低迷したのもそういったノイズが作品に混じり始めたからではないだろうか。弱肉強食の資本主義社会に染まり、勝者として傲慢《ごうまん》に振る舞う中で、いつしか俺は俺の持ち味としていた侘び寂びの精神から最も遠い人間になってしまっていた。

最初から金持ちになりたいと思って絵を描き始めた訳ではない。まだクレヨンをグーで握って持っていた子供の頃から絵が好きだった。あの頃は無料だった静かな夜の雰囲気が好きで、静寂の中に浮かぶ月やすやすやと眠る幼い妹の寝顔をヘタクソながらも描いていた。

今なら本当の静けさを描ける。そう感じた。本当のうるささを知ったことで、逆説的に本当の静けさを知ることができたからだ。俺が全身で感じたうるささと静けさの対比をキャンバスの中に描いた。昼も夜も無我夢中で描き続けた。こうして完成した『喧噪と静寂』の明と暗のコントラストは絶大な評価を得た。

そんなこともあったな。激動の日々を懐かしみながらドアを開けると、どこかで見たことのあるそばかすで垂れ目の青年が立っていた。

「あなたは……！」

「君は……！」

彼は紛《まぎ》れもなく深夜にエレキギターを練習していた青年だった。

「あの頃はすみませんでした」

「いやいや、俺こそすまなかったね。気が立って随分と酷いことを言ってしまった」

「そんな、あなたのアドバイスのおかげで今の自分があるんです！」

俺たちは近況を語りあった。彼はかつての仲間とともにメジャーデビューしたそうだ。

「無料で君の演奏を聴けるうちに味わっておけば良かったよ。せっかくだし、なにか弾いてくれないか？　もちろん、演奏料は払わせてもらうよ」

海外での失敗に懲《こ》りた俺は人気再燃後も質素《しっそ》な暮らしをしている。そのため、多少の蓄《たくわ》えがあった。

「いえ、あの頃はアドバイス料が払えなかったので、演奏で出世払いさせてください」

彼はそう言って、ギターを弾き始めた。Ｆコードにまごついていた時代が嘘のように心地良い音色《ねいろ》だった。俺が若い頃に夢中になったギタリストの音にどこか似ていた。

数ヶ月後、このマンションに若きプロタップダンサーが引っ越してくるのはまた別の話である。

死神の少女

春川えり

少女は笑わない。

にこりと微笑《ほほえ》むこともない。生気を失ったような目で古びた街を歩く。

その少女は、毎日、黒いワンピースを着て、黒い靴を履《は》いている。貧しい家庭の女の子のように、服も靴もボロボロだ。

青白い顔に痩《や》せ細った身体。小さな手に持っているのは、足がちぎれかけているクマの人形。

特徴的だと思うのは、青色の髪の毛だ。長い髪の毛をふたつ結びにしている。鮮やかな青色が、少女の青白い顔と、生気を失っているような瞳を際立たせている。

そんな少女を街の人たちは、このように呼ぶ。

〝死神の少女〟

実際に人を殺《あや》めているところは見たことがないが、少女に関わった人間は翌日には姿を消している。そんな噂に街の人たちは、少女と関わらないように日々を過ごしている。

「ねえ……」

今日も少女が街を歩いている。少女が街の人に声をかけているようだが、全員が少女から目を逸《そ》らし、逃げていく。

「あの青色の髪は、いつ見ても気味が悪いわ」

「本当よね。早くこの街から消えてくれないかしら……。ああ、恐ろしい」

「ちょっと、やめなさいよ。あの子に聞かれてしまったら、私たちが消されてしまうわよ」

少女に聞こえないようにと、ひそひそと話す女性たち。恐怖に怯《おび》えているかのような目を向けていた彼女たちは、少女に自分の存在を気づかれないようにと、足早《あしばや》にその場を離れていく。

「……」

ふたつ結びにしている青色の髪の毛をぎゅっと握りしめる少女の瞳には、なにが映っているのだろうか。

少女はポツンと、独りぼっちだ。誰も声をかけたがらない。今日も少女は孤独に過ごしているのだろうか。

そんな少女を遠くから見つめている俺。声をかけてやりたい気持ちもあるが、声をかけてしまえば……、という気持ちにもなる。

なかなか一歩を踏み出せない俺は、木の陰から、そっと少女を気にかけることしかできなかった。

少女はいつものように街を歩いている。誰かになにかを求めているのか、いつもと様子が違う。死んだ魚のような目が、今日はなにかを必死に訴えかけている。

「ねえ。クマさんの足が取れちゃったの……」

「ひいっ」

「洋服屋のおばさん。このクマさんを直してほしいの……」

「ほ、他の人に頼っておくれっ！　私は忙しいんだよ！」

少女の訴えに、洋服屋を営んでいるその女性は慌てて店を閉めた。残された少女は、小さな手で抱えているクマの人形をじっと見つめていた。

「なんで、誰も私の話を聞いてくれないの……？」

悲しい目をする少女。自分の訴えを聞いてもらうことすらできないなんて……。あの女性は、幼い少女を恐れているようだった。やはり〝死神の少女〟の噂を信じているのだろうか……。

あの子を放っておくことはできない。街の人々に自分の訴えを聞いてもらうこともできず、その上、恐ろしいものを見るかのような目を向けられるなんて……。

俺は耐えきれなくなって、少女に声をかけようと、木の陰から足を踏み出した。

その瞬間。

「ねえっ。君の髪の毛、凄くきれいな色だね！」

そう言って少女に近づいたのは、少女と同じ年くらいの少年だった。少年はきらきらした目で少女を見つめる。

「僕、青色の髪の毛、初めて見た！　いいなぁ。僕の髪の毛は真っ黒だから羨《うらや》ましいよ」

「えっと……」

戸惑う少女は、青色の髪の毛にそっと触れた。

「あれ？　そのクマさん、足が取れちゃっているよ？」

少年は、少女の腕の中にあるクマの人形を見つめる。

「僕、直せるよ！」

人形から少女へと視線を移した少年は、少し得意気な表情を浮かべていた。

「あなたが……？」

「うん！　僕、あそこの洋服屋の息子だから！」

少年が指さしたのは、先程少女が声をかけた女性の店だった。あの女性の息子……。

少女と少年を見守りたい。そんな感情が俺の中に生まれ、ふたりの様子を見ることにした。

「針と糸を持って来るから、待っていてね！」

そう言って、少年は走って店の中に入っていった。取り残された少女は、クマの人形をぎゅっと握りしめ、少年を待つ。

しばらくして少年が箱を抱えて戻ってきた。きっと、裁縫箱かなんかだろう。

「あそこの公園に行こ！」

少年はそう言って、俺の方向を指さした。

まずい……っ。このままふたりがこちらへ来てしまえば、俺の存在が見つかってしまう……。俺は少年少女に見つからないように、そっと木の陰から離れた。

少年は少女の手を引き、公園のベンチに座る。少女は戸惑った様子だったが、どこか嬉しそうに見えた。俺が見るかぎり、〝死神の少女〟に話しかけてくれた存在は久しぶりだった。少女の目は少しずつ輝きを取り戻していた。

「クマさん、貸して！　取れちゃった足も持ってる？」

少年が問いかけると、少女は黒いワンピースのポケットからクマの足を取り出した。

少年はそれを受け取り、器用に胴体と縫い付けていく。少年とは思えないほど慣れた手つきだった。

俺は感動した。

〝死神の少女〟と噂される少女に、優しい目を向ける少年。その少年は心がきれいなのだろうと思った。

「ねえ、名前。なんて言うの？」

少年は少女の目をまっすぐに見た。少女はなにかを少し悩んだ様子のあと、口を開いた。

「……レイ。私の名前は、レイ、だよ」

「レイかぁ！　可愛い名前だねっ。僕はルイスだよ！」

「……ルイス」

「うん！　よろしくね、レイ！」

ルイスという少年の笑顔に反して、レイの表情は暗かった。

「どうしたの？」

ルイスがレイの顔を覗《のぞ》き込む。俯くレイは、しばらくして口を開いた。

「……私のこと、怖くないの？」

レイの言葉に、俺の胸は痛くなった。あの子の目に涙が浮かんでいる。そんな姿を見て、俺も泣きたくなった。

「……どうして？」

「え？」

「どうして、レイが怖い、ってなるの？」

「だって……」

レイは悩んでいる様子だった。何度も口を開きかけては閉じる。沈黙が数秒流れているが、ルイスはレイの言葉を待っていた。

「……私の噂、知らないの？」

「噂？」

「この街にある〝死神の少女〟の噂……」

ルイスは一瞬、戸惑いを見せた。レイは膝の上に置いているこぶしをぎゅっと握る。その手は微《かす》かに震えているようにも見えた。

少しの沈黙のあと、公園に大きな笑い声が聞こえた。

俺はびっくりした。ルイスがお腹を抱えて笑っている。……なんで笑っているんだ？　今度はレイが戸惑っているじゃないか。

「ごめんごめん」

ルイスはひとしきり笑ったあと、レイの頭に手を置いた。そして、優しく微笑んでいる。

「噂は噂だよ。死神なんてこの世に存在しないよ！」

「でも、もし本当に存在していたら。……私が死神だったらどうするの？」

レイの瞳に再び影が落ちる。レイは、あの子は本当に傷つきやすい子だ。心が優し過ぎる故《ゆえ》に、周囲の感情に過敏になっているのだろう。

心が痛い。

私が死神だったらどうするの？

その言葉に俺の心が痛くなる。レイはまだ子供だ。子供だからこそ、純粋すぎるんだ。純粋なことは悪いことではないが、レイの場合は、他人と壁を作ってしまうところがあるからな……。

だけど、そんなレイの言葉を聞いてもルイスは表情ひとつ変えずに、微笑んでいた。

「僕は、仮にレイが死神でもいいと思うよ。レイはレイらしくいればいいんだよ！」

「え……」

「僕は、裁縫やっているだけで〝女の子みたい〟って馬鹿にされるんだ。でも、僕はそんなこと気にしてないよ！」

「なんで……？」

レイがルイスの目をまっすぐ見つめる。強く握りしめていたこぶしは、少し力が抜けかけているようにも見えた。

「僕は僕だから。それに洋服屋の息子なんだから、裁縫はできてあたりまえなんだ」

「……」

「でもね。いつか僕も洋服を作ってみたいと思うくらい、僕は裁縫が好きなんだ！」

ルイスは、レイの頭に置いていた手をそっとおろす。そして自分の膝の上に置いてあったクマの人形を差し出した。

「レイはレイらしくいたらいいんだよ！　たとえ死神だとしても、人間だとしても関係ないよ！」

嘘偽りのない言葉。俺はそう感じた。ルイスの言葉はまっすぐで、とても温かかった。

「私は私らしく……？」

「そうだよ！　それに、レイは悩んでいる顔より笑っていたほうが可愛い、って僕は思うな」

レイは差し出されていたクマの人形を受け取った。先程とは違い、表情が明るくなっている。その瞳は、輝いているように見えた。

「ありがとう、ルイス。このクマさんはね、パパにもらった宝物なの」

そう言ってレイはクマの人形を抱きしめた。レイが浮かべる微笑みは、ルイスが言っていたように、本当に可愛くて愛らしかった。

「どういたしまして！　レイは、クマの人形が壊れかけても大切にしたいって思うくらい、パパのことが大好きなんだね！」

ルイスはそう言って人形の頭を撫でた。そんなルイスに、レイは優しく目を細めた。

「うん。パパは優しい人だから。私、パパのことが大好きなの」

レイの言葉に、俺の胸は熱くなる。今まで笑うことのなかったあの子が、こうして少年の言葉に微笑んでいる。

俺はこうして、レイの近くから様子を見ることしかできていない。だけど、ルイスは違う。街の噂に流されずに、レイをひとりの女の子として見ている。そのルイスの純粋さに俺は心を動かされた。

「そういえば。レイはなんで、ボロボロの洋服を着ているの？」

「……新しいお洋服を買うお金がないから」

レイの言葉に俺は胸が痛くなった。

〝お金がない〟

幼いあの子が、お金の心配をするなんて……。いつも同じボロボロの服を着ているレイ。あの子だって、街を歩いている同じ年くらいの女の子のように、可愛い服を着たいだろうに……。

あの子になにもしてやることのできない自分が悔しい。こうやって、物陰からレイを見守ることしかできないのが腹立たしくもなる。

目を伏せるレイに、ルイスは明るい笑顔を見せた。

「じゃあ、僕の家においでよ！」

「……え？」

「僕の家は洋服屋だから、レイに似合いそうな洋服をプレゼントする！」

ルイスはレイの手を握ってベンチから立ち上がる。おいで、と言うように優しく手を引くルイス。だけど、レイは表情を曇《くも》らせている。

「でも……。迷惑じゃないの？　私、お金も持ってないし……」

「僕のママも優しいから大丈夫だよ！」

そう言って、ルイスはレイを連れて走る。俺は思わずふたりのあとを追いかけた。

レイを見守りたい。最初は、その一心で物陰に隠れていたりしていたが、今は違う。

レイとルイスを見守りたい。

レイの固まっていた心を溶かしたルイス。これから、レイがどんな表情を見せるのか。俺は、レイの心から笑った姿を見られるような、そんな気がした。

俺がレイにできなかったことを、ルイスがしている。〝人の優しさ〟というものを、幼いルイスがレイに与えている。そんな少年少女の後姿が、少したくましく見えた。

ルイスが洋服屋の前で足を止めた。レイは不安そうな表情だった。まあ、当然だろう。先程、この洋服屋の女性……。ルイスの母親に恐ろしいものを見るような目を向けられたのだから……。

「ねえ、ルイス。やっぱり私は、この洋服で大丈夫だよ……」

「なんで？　レイは可愛いお洋服、着たいでしょ？」

「……それは」

「じゃあ、一緒に洋服を選ぼうよ！」

先程の出来事を知らないルイスは、閉じている店に向かって声をかける。

「ママー！」

ルイスの声が響く。その声は店内にいる女性にも聞こえたのか、女性は店の扉をそっと開けた。

「ルイスっ。……っひいっ！」

女性はルイスの隣に立っているレイに気がつくと、小さな悲鳴を上げた。

「どうしたの？　ママ」

「ルイス！　なんで、その子と手をつないでいるの!?　離れなさい！」

洋服屋の女性……。ルイスの母親は、ルイスの手を引っ張る。まるで、レイから自分の息子を守るように……。

だけど、ルイスはそんな女性の手を振りほどいた。

「やめてよ、ママ！　レイは僕の友達なんだよ！」

叫ぶようなルイスの言葉に、俺も女性も言葉を失った。ルイスの言葉に目を見開く女性。俺はルイスの言葉に胸を打たれた。

〝死神の少女〟と噂される少女のことを〝友達〟と呼ぶルイス。〝友達〟そう言われたのが初めてだったのだろうか。レイは、涙をこぼした。白い頬《ほお》に伝う、大粒の涙。

「レイっ！　大丈夫!?」

ルイスが心配そうに声をかける。だけど、その心配は不要だろう。

「友達って言ってもらえたことが嬉しくて……」

レイの言葉にルイスは明るい笑顔を見せた。

「なに言ってんだよ。僕たち友達でしょ！」

「ありがとう……」

「だからママ。レイに洋服プレゼントしたいんだ！　レイは可愛いから、なんでも似合うよ！」

ルイスのきらきらした目。それは純粋にレイのことが大好きだからなんだろう。そんなルイスの気持ちが女性に伝わったのか、女性は初めて笑顔を見せた。

「……レイちゃん、ってお名前なのね。よく見ると、可愛いお顔しているのね」

「おばさん……」

「さっきはごめんなさいね。……おばちゃんが、洋服を見てあげるわ」

そう言って女性は、レイとルイスの背中を押し、店内に連れていった。

俺は店内まで入ることはできない。だから、静かに様子を見ることしかできないのだが……。できるだけ近くで、レイたちの様子を知りたいと思った俺は、店の壁に張り付く。店内から響く、明るい声が微《かす》かに聞こえてきた。

「レイちゃんはお人形さんみたいに可愛いわぁ。ワンピースも似合うけど、こっちのスカートも似合うし……。あらっ、こっちのズボンも素敵かしらねぇ」

「ちょっと、ママ！　レイは着せ替え人形じゃないんだよ！」

「あらぁ、ルイス。ルイスだって、レイちゃんの可愛い姿、見たいわよね？」

「それは……。見たいけど」

微笑ましい会話だ。最初はレイを怖がっていた女性が、ルイスの力でレイを受け入れている。

ルイスはすごいやつだ。……俺とは違って。

そんなことを俺が思っていると、洋服屋に近づく男がいた。周りの様子をうかがっているように、きょろきょろしている。黒い服を全身に身にまとい、黒い帽子を深くかぶっている。いかにも怪しい男だった。

……強盗か？

そう思った瞬間、その男は銃を構え店内のガラスを打ち割った。

ガシャンっ！

ガラスが飛び散る音と悲鳴が聞こえる。

「きゃぁぁあっ！」

「うわぁぁあぁっ！」

これは危ない状況だ……っ！

俺は慌てて、男が入った店内へと向かった。

店内へ入った瞬間、俺は目を見開いた。男はレイを人質に取るように、レイの頭に銃口を向けている。それを助けようとするルイスを止める女性。

「金になりそうなものは全て出せ！　早くしろ！」

「……ひいっ！」

「早くしないと、このガキの頭をぶち抜くぞ！」

強盗の男は、銃口をレイの頭に押し当てる。

「ママ……っ」

ルイスは初めて恐怖に満ちた表情を見せた。女性も恐怖に怯えていた。青ざめた表情に、震える手。身体も震えているが、それでも立ち上がり、店のレジへと向かった。

「それでいいんだ。レジ金も全て寄こせ！」

女性は震える手で、レジ金に手をかけた。にたにたと笑う男は、背後から近づく俺の存在に気がついていない様子だった。

「……そこまでだ」

俺は銃を持っている男の右手を掴んだ。

「なんだっ!?」

男は自分の背後に立つ俺に気がつくと、怯《ひる》みつつも声を荒げる。

「手を離せ！　じゃないと、このガキの命がなくなるぞ！」

「……ほう」

俺の中で言葉にならないほどの怒りがこみあげてくる。ここまで怒りに満ちるのは久しぶりだった。男の手を握る手に力が入る。

「いてて！　早く離せ！　じゃないとこのガキを……っ！」

レイをどうするつもりだ。その小さな銃で殺す気か。

俺がそうはさせない。誰の命も傷つけたりはしない。許さない。

……この男以外の命は、俺が守る。

「命を落とすのは。……お前だ」

俺は男の手を離すと、小さく呟《つぶや》く。その瞬間に現れたのは大きなカマ。俺は、そのカマを握り締める。

「なんだ、そのデカいカマは!?」

男は腰を抜かしたのか、レイから手を離した。レイは男から逃げ出し、俺の背中に隠れる。レイの無事と、ルイス親子の無事を確認した俺は、男を睨《にら》みつける。

「……知らないのか？　この街には〝死神〟が存在するという噂を」

「う、噂だろ！　それに、あれは少女だろ！」

そう男が口にした瞬間、ハッとしたようにレイを見た。

青ざめていく男の顔。俺はそんな男に言う。

「……正確には〝死神の娘〟、だけどな」

そうだ。

俺は死神だ。死神であり、レイの父親だ。

だから、この男を許さない。レイの命を奪おうとしたこの男を。

「お前の寿命は残り二十六年だった。その寿命を、残り一分と変更する」

「は……っ、」

「言い残すことはあるか？」

「おい、待てよ……っ。こんなことで、寿命を変えられてたまるか！」

俺は持っていたカマで、その男の首を切った。

「こんなこと、だと……？　悪行を許すはずがないだろう」

最後まで許せない男だった。

男はパタリと倒れ、そのまま寿命を終えた。男は灰となり、消えていった。

……街の悪人を消していく。これが〝死神〟としての俺の仕事だ。姿を隠し、生きていく。これが、俺と娘のレイの運命なのだ。

「パパ……」

「ごめんな、レイ。せっかく、友達ができたのにな」

俺は振り返り、ルイスを見つめた。女性はルイスを守るように抱きしめている。当然の姿だ。

母が子を守る。その姿は、自分にも重なって見えた。

俺はレイの手を引き、店をあとにしようとした。

その瞬間、ルイスのふり絞るような声が聞こえた。

「ぼ、僕は……っ！」

思わず足を止める、俺とレイ。

振り返りルイスを見ると、まっすぐにレイを見つめていた。

「僕は、レイが死神でも、死神の娘でも関係ない！　レイは僕の友達だ！」

「……ルイス」

「それに、レイのパパはやっぱり、優しい人だ！」

「……っ、」

「僕とママを守ってくれたんだから！」

ルイスの言葉にレイは涙をこぼした。俺も正直、泣きそうだった。

今まで、死神の娘であるレイを見守るために、レイの様子を陰から見守ってきたが……。これからは、その心配はなさそうだ。

レイにはルイスという友達がついてくれている。

「……そうね。レイちゃんと、レイちゃんのお父様。まだ、洋服選びも終わっていないわよ」

そう言って、女性が微笑む。女性はルイスの手を取り立ち上がり、俺たちに近づいてきた。

「守ってくださり、ありがとうございます。大したお礼はできませんが、好きな洋服を選んでいってください」

女性の言葉に、嬉しそうな表情を向けるレイ。

「しかし……」

「お父様もその姿じゃ、街を歩きづらいでしょう。これからは、きれいな服を着てレイちゃんの手をつないで歩いてください」

俺は女性の心遣いに、思わず涙した。

死神はひっそりと生きる生き物だと思っていた。誰にも受け入れられることのない仕事。だけど、この家族は違う。俺たち親子を受け入れ、温かい目を向けてくれる。

死神をやっていて良かったと思った瞬間だった。

「さあさあ、店内にある洋服、どれでもお試しくださいね」

「僕もレイに洋服選ぶ！」

ルイスは楽しそうに店内の洋服を手に取る。俺はどうしていいのかわからない、という様子のレイの背中を押した。

「行ってきなさい」

「パパ……っ！　ありがとう！」

「お礼はルイスと、ルイスのお母さんに伝えなさい」

「うん……っ！」

ふたつに結んだ鮮やかな青色の髪を揺らし、ルイスに駆け寄ったレイの後ろ姿に、俺は笑みをこぼした。

あんな楽しそうな笑顔のレイを見たのは久しぶりだった。レイが友達と笑いあっている姿を見るのは、俺の記憶にある中では初めてだった。

胸が熱くなる。込み上げてくる感謝の気持ち。

「ありがとうございます。俺ではレイを笑顔にさせることができなかったので……」

俺はルイスの母親に頭を下げた。感謝してもしきれない。もちろん、ルイスに対してもだ。ルイスと、ルイスの母親には伝えきれないほどの感謝でいっぱいだ。

「頭を上げてください。……それに、お礼を伝えるのは私のほうです」

「え……」

俺は頭を上げる。俺の目に映ったのは、ルイスの母親が涙を浮かべている姿だった。

「私はレイちゃんに酷い態度を取ったのに、それでも助けてくださって。ありがとうございます」

「そんな……」

俺はなんと言えばいいのかわからなかった。

親が子を守るのは当然。その形は違えど、想いは同じだ。だから、俺はルイスの母親に対して怒りの感情なんて、最初からなかった。

俺たちの間で沈黙が流れる。店内には子供たちの明るい声が響いている。

しばらくの沈黙のあと、先に口を開いたのは女性のほうだった。

「レイちゃんも死神なんでしょうか？　聞いたからと言って、なにかする……、という訳ではありませんが」

ただ、レイちゃんにも堂々と街を歩いてほしい。

そう、女性は言った。

「私が言えたことではありませんが、レイちゃんはいつも他人に対して恐怖を覚えていたように感じます……。それは私たちが、レイちゃんという子を知らずに恐れていたからだと思いますが……」

……俺も、レイには堂々と街を歩いてほしい。俺も、レイと手をつないで、笑って街を歩きたい。

　今までは、それは不可能だと思っていた。だけど、絶対に不可能という訳ではない。

「俺が死神というだけで、レイは人間です。普通の女の子だ……」

「……」

「〝死神の娘〟ということで、学校にも通わせることができなかった。レイには寂しい思いも、苦しい思いも沢山させてきました」

　俺が死神だから。普通の人間ではないから。……街へ働きに行くことを恐れ、レイには貧しい思いもさせた。

「俺はこれから頑張ります。〝死神〟ということにとらわれず、しっかり働いて、レイと色んな所に出かけて。……レイに笑っていてほしいから」

「そうですね。それが、レイちゃんとお父様ご自身の幸せになると思いますよ」

　女性の柔らかい微笑みに、俺もつられて微笑む。

「そのためにも、お父様もお洋服を選びましょうか」

「お願いします」

　女性は俺を店内に案内してくれる。洋服選びに終始夢中になっていたレイとルイスが、俺たちに気がつく。

「ママっ！　レイにはこの洋服が似合うと思う！」

「あら、レイちゃんにすごく似合いそうね！」

「そうでしょ、そうでしょ！」

「ルイス。ママと一緒に、レイちゃんのお父様にもお洋服を選んであげましょう」

「うんっ！」

店内に明るい声が響く。温かくて幸せな時間。

レイが俺の右手を握る。ルイスが俺の左手を握る。

「パパ、行こう！」

「僕が選んであげるよ！」

俺は子供たちに引っ張られるように、店内を歩いた。何度も何度も洋服を鏡で合わせてみる。

子供たちの笑顔が、俺の心を満たしていく。

レイと手をつないで一緒に街を歩ける日は、そんなに遠くなさそうだ。

ゆみこ勉強しなさい！

三峰

ここはとある中学校、日は暮れ生徒たちは下校をしている。

中学三年生のゆみこが友達数人と一緒に帰っており、これからゲームセンターへ行こうという話をしていた。

ゆみこはろくに勉強をしていなかったため、成績が良くなかった。

(勉強もせずこんなに遊びほうけて大丈夫かな。もうすぐテストなのに……)

そんなことを思い将来に不安を感じていたが、頭が悪いから勉強しても無駄だろうとも思っていた。

そしてゆみこは長年、こう疑問に思っていた。

(というか、勉強ってなんのためにするのかな……)


そして数時間、友達とゲームセンターで遊び家に帰った。

「ただいま」

そう言いながら帰宅すると母親からこんなことを言われた。

「そういえば、ゆみこ宛《あ》てに手紙が届いていたわよ」

母親から封筒《ふうとう》を渡され開けてみると、一枚の手紙が入っていた。

そして手紙にはこう書いてあった。

《ゆみこ、勉強をしなさい》

「えっ、なにこれ!?」

ゆみこはこの手紙の不可解な点を見つけた。

「あれ、この手紙……」

それは送り主の名前が書かれてなかったことだ。

「友達の誰かがいたずらでもしたのかな」

そしてひとつ見覚えがあることがあった。

「この特徴《とくちょう》がある字どこかで……」

ゆみこは送り主が不明でよくわからない文章の手紙が自分宛てにきたことを不気味に思うこともあったが、そんなに気にせず軽く受け流した。

数日後、学校から帰宅するとまたゆみこ宛てに手紙が届いていた。

「またか……」

手紙にはこう書かれていた。

《何回でも書くがゆみこ、勉強しなさい。勉強もろくにせずいつも学校帰りに友達とゲームセンターや駅前にあるカラオケに行ったりしているけど大丈夫なの？》

そして前回と同じく送り主が書かれていなかった。

「えっ！」

ゆみこが学校帰りにゲーセンとかに行っていることを知っていて驚き、この手紙の送り主は自分につきまとうストーカーではないかと思い始めたのだ。

休日に、学校でよく遊ぶ友達の数人に手紙について相談した。

「これって知りあいのいたずらかそれとも私につきまとうストーカーなのかな?」

「どうだろうね。学校帰りにゲーセンやカラオケに行っているのは私たち以外は知らないだろうし、やっぱりストーカーじゃないかな」

「それともさおりがいたずらであんな手紙を書いたんじゃないよね?」

「まさか、そんないたずらしないよ」

ゆみこはさおりがうそをついているようには見えなかった。

そのとき、そこにいる数人のスマホに速報ニュースが入った。

《都内で時空の歪《ゆが》みを初観測》

ニュースによると時空の歪みが初観測され、将来的にタイムトラベルが可能になるかもしれないというのだ。

それを見た数人はこう話した。

「やば、これが本当なら人生やり直したいわ」

「私も、なにか失敗事したらタイムトラベルしてなかったことにしたいな」

「ゆみこはもしタイムトラベルできるようになったらどうしたい？」

そう友達から言われると、ゆみこはこう答えた。

「私は分数や割り算でつまずいた小学生の頃に戻りたいな……」

そんなことを話しながらいつもと同じメンバーでカラオケなどに遊びに行き、そのあと、ゆみこは家に向かっていた。

（今日もたくさん遊んだな。やっぱりカラオケはストレス発散になるな）

ゆみこは自分につきまとっているかもしれないストーカーが、この辺にいるかもしれないと思い周りを見渡したが、それらしき人物はいなかった。

そして家の前まで着いたが、自分の家のポストの前で不審《ふしん》な動きをしている女の人がいたのだ。

（なんだ、あの人は……）

その不審な女の人は、手紙みたいなものをゆみこの家のポストに入れた。

（もしかして！）

「あの！」

ゆみこがその不審な女の人に声をかけると、すぐ走り去ってしまった。

ポストの中を確認すると、先ほどあの不審な女が投函《とうかん》したと思われる手紙が入っており、ゆみこ宛てと書いてあったのだ。

「やっぱり……」

手紙にはこう書かれていた。

《さおりとかと一緒に遊んでいないで勉強だけはしたほうがいい。将来のためにも》

そして夜、ベッドの中で自分宛てに手紙を送ってきたあの女のことを思い出していた。

「さおりの名前まで知っているんだ……一体誰なんだ」

そんな全く面識《めんしき》のない人物だが、ゆみこはひとつ思う所があった。

「あの顔どっかで見たような……」

ゆみこはそのことが気掛かりで、夜はあまり寝付けなかった。

そこでこの出来事に決着をつけるべくあることを思いついた。それは学校に行っている以外は家の前でポストを見張るという作戦だ。ゆみこはポストを見張っていればまたあの女の人が現れ、そして捕まえて問いただせばいいと思ったのだ。

「よし、これで……」

数日後、ゆみこが家の前で見張っていると、遂に自分の家のポストの前で不審な動きをしているあの女の人が現れたのだ。

そしてゆみこはその女の人に気づかれないように、今度は逃げられないようがっしり腕をつかんでこう言った。

「私になんの用ですか、あんな手紙まで送って！」

そう言うと女の人はまた逃げようとしたが、腕をつかまれていたため逃げられなかった。

そうすると女は観念して話し始めた。

「全て自分のためです」

ゆみこにはその言葉の意味が不明だった。

「いや、どういうことですか？」

「それよりゆみこ、こんな調子だと第一志望の桜坂《さくらざか》高校も行けないんじゃない？」

「なんで、第一志望の高校のことを知っているの。そのことはまだ誰にも言ってないのに」

「勘のいい私ならわかるよね……」

そのとき、ゆみこは何故この女の人の顔と字に見覚えがあるように感じたのか、なんとなくわかったような気がした。

「だからこのことは自分のためなのよ……だからゆみこ、しっかり勉強しなさい。そうでもしないと大変な人生になるわ」

「それは嫌、友達と楽しく毎日遊んでいられるのは今のうちだけじゃん」

ゆみこは強い口調でそう言った。

「私は勉強よりも友達と遊ぶことを優先するから！」

「わかった、もういいわ……もう勉強しなさいとは言わない。そういえば昔の私はこんな感じだったわね、言っても無駄だったか……」

そしてその女はその場所から逃げてどこかへ行ってしまった。

その夜、テレビの速報ニュースで都内で時空の歪みがまた観測されたというニュースが流れた。


それから、世界中の国々が誰よりも先にタイムマシンを完成させるという開発競争が始まった。日本も政府が主導となって研究のための巨額の資金の投入が決定したが、そんなことよりも社会保障にお金を使えなどと反対する声もあった。

けれども三十年後、反対を押し切りながら研究を続けた結果、日本は最初にタイムマシンの開発に成功した国になったのだ。そして三十年前に初めて観測された時空の歪みによりタイムトラベルの可能性が出てから、今では未来や過去に自由に行き来することが可能になった。

そしてあれからゆみこは結婚し子供もいた。

勉強をろくにしなかったためそこまでいい高校や大学に行けず、給料が安い会社で働いてそこで出会ったのが今の旦那だ。

ゆみこも旦那も給料が安いため、お金がなく苦しい生活を送っていた。

それでゆみこは顔を洗うため鏡の前に立つとふと思い出したことがあった。

「やっぱりあのときの人は私だったのね……」

大人になったゆみこの顔はあの中学生のとき、謎の手紙を送ってきた謎の女の顔と同じだった。

今思えば、未来から来たゆみこの言うとおりに勉強していればよかったとつくづく思っていた。

「あの頃、ちゃんと勉強していたらな……」

中学生のときにちゃんと勉強していい高校や大学を出ていい企業に勤めれば、そこで出会った人と裕福《ゆうふく》に暮らしていけたのではと思ったのだ。

それからゆみこはテレビで流れているタイムマシンの広告を観て、とあることを思いつき動き出す。

まずタイムマシンを手に入れたいがとても人気のため品薄な状況が続いていたので、買うとしたらフリマサイトで転売されているものを倍の価格で買うか、店でやっている抽選で当てて買うしかない。

ゆみこはその二つの選択肢に迷うことなく、抽選で当てて買うしかないと思っていた。フリマで転売されているものを倍の価格で買うということになると、ただでさえお金がなくて苦しいのに、そこで買ってしまったら生活できなくなってしまうと思ったからだ。

そしてタイムマシンの抽選会に行ったが、尋常《じんじょう》じゃないくらいの人がおり何時間も並んで抽選券を手に入れた。

なんとかして抽選券を手に入れたが、こんな大人数から自分が当たるのは難しいと思っていた。

「これじゃ絶対当たらないわ……」

それから当選者の番号が発表されていったが、最後までゆみこの番号が呼ばれることはなかった。

「やっぱりだめだったわ……」

だがここで諦めず別の場所に移動し、また抽選会に挑《いど》んだが当選はしなかった。

けれども一日では諦めたりせず、次の日も次の日も挑戦し続け、そういう日が一ヶ月間続いた。

一ヶ月後。

「もうどれぐらいたったかしら……」

今日もゆみこは抽選会に並んでいた。抽選券を渡され『今日こそは』と思いながら発表を待った。

そして発表が始まり数時間過ぎた頃、ゆみこの当選は突然きた。

「次は、百十二番の方です」

「あっ！　当たった！」

ゆみこは一ヶ月、抽選会に行き続けた結果、やっとの思いでタイムマシンを買う権利が当たったのだ。

それから家に帰りタイムマシンを開封した。

ゆみこは大変な思いをして手に入れたタイムマシンがお宝のように見えた。

「よしこれで準備は整ったわ」

ゆみこがタイムマシンの使い道で思いついたこととは、人生の分岐点《ぶんきてん》だった中学三年生の頃にタイムトラベルして、勉強しなさいと言って過去を変えてやることだった。

「でもこれだとな……」

ゆみこは未来の自分に勉強しなさいと言われたことと同じことをやっても、過去を変えることはできないのではと思っていた。

「昔から私は一度決めたことは変えないのよね」

未来の自分に勉強しなさいって言われても、友達と遊ぶことを優先すると一度決めたら、誰になにを言われようと遊んでしまった。今でもタイムマシンを手に入れるということを一度決めてしまうと、手に入れるまで抽選会に行ってしまうのだ。

「自主的に勉強させられればいいのだけど……」

そのとき、突然いい案を思いついたのだ。

「これなら！」

ゆみこはあるものをカバンに詰めて、タイムマシンを起動した。

「よしタイムマシン発動、目的地は中学三年生だった三十年前！」

そして三十年前の過去のゆみこの家の前に着いた。

「懐かしい」

時間は夕方で、数十分そこで待っていると学校から帰ってきた中学生のゆみこが歩きながらこちらにやってきた。

「こんにちは、中学三年生のゆみこ」

「あの、あなたは誰ですか？」

「三十年後から来たあなた自身よ」

そう言うと、中学生のゆみこはこの人なに言っているんだという顔をしてきた。

だがそのあと、友達とゲーセンに行っていることやまだ誰にも話していない志望校のことなどを話すと、徐々に未来から来たことに納得してくれたのだ。

「それで未来の私がなにか用ですか？」

ゆみこは今までの人生の出来事を話し、勉強したほうがいいと話すとこう言ってきた。

「しょうがないですよ、私は頭が悪いし」

だがゆみこはこう言った。

「でも昔からの夢の教師になるということを諦めていいの？」

これは誰にも言っていないゆみこの秘密だった。

ゆみこが小学生の頃、教師になりたいという夢があったが、算数の分数や割り算などの勉強につまずいて、わからない所を教師に聞かずほったらかしにしていた。そして勉強ができないなら教師にはなれないと思い、夢を諦めていた。

「確かになりたいという気持ちは少なからずありますけど、でも、勉強ができない私に教師なんてできませんよ……」

「できるよ」

そう言ってゆみこがカバンから取り出したのは、無数の資格や検定の合格書だった。

「私、中学生の頃に勉強しておけばよかったなと大人になってから後悔したの。勉強しないと給料が安い会社とかで働かされて大変だなと思ったよ」

「それで大人になってから子育てとかで自分の時間がない中、勉強していろんな検定や資格を取ったけど、歳が理由でいい所に就職しようとしてもできなかったの」

「けれど、自分もやれば勉強ができることがわかったわ。だから中学生のゆみこもやればもちろんできるわ。だって私だもん」

「これ、本当に私が取ったんですか？」

「そうだよ」

中学生のゆみこは検定や資格の合格書をよく見ると、自分の名前や未来の日付が書いてあることに気づいた。

「本当に未来から来たのですね」

「もちろん」

そして中学生のゆみこはこう言った。

「わかった、これから教師になるために勉強してみようかな。ありがとう、未来の私。おかげでちょっと勉強する自信がついたよ」

そしてゆみこはやることは全部やったという気持ちで、未来に帰っていった。

それから数十年後、中学生のゆみこは大人になりとある中学校にいた。

そして教室にひとりの女性が入ってきて、教卓の前に立ちこう言った。

「今日から三年一組を担当する佐藤《さとう》ゆみこと言います。先生に質問がある人いますか？」

そしてひとりの男子学生がこう言った。

「先生！　勉強ってなんのためにするのですか？」

その質問にゆみこはこう答えた。

「いい質問ですね。それは自分が就きたい仕事に就くためと人生を豊かにするためですよ」

正論ラリアット

藤白

少しずつたまっていく圧迫感が、胸を、喉《のど》を、締め上げていく。

家にいても、クラスにいても、どこか、私の居場所はないみたいで、はみ出して、余っているような感覚だった。

まるで私の周りを、重苦しい淡水《たんすい》が覆《おお》ってしまっているような、身動きが取れなくなっていく感覚だ。

息が詰まりそうで、その現実から逃げる度《たび》、人生の、暗い、ジメジメとした道へと歩みを進めているようだ。

宙ぶらりんになって、やり場のないこの思いを、抱《かか》えきれなくなったある日、担任に打ち明けた。

まだ新任で、困ったような顔をした担任は、スクールカウンセラーのもとへと、私を連れていった。

その出逢いは、まるで曼珠沙華《まんじゅしゃげ》のように、鮮やかに私の人生に咲いた。

やや目にかかるほどの長さの前髪に、少しくたびれたような顔。白いワイシャツに、袴《はかま》のようにゆったりとした黒いズボンを身につけた男性が、こちらをみていた。

「どうしたの？　その子。こんなところに連れてくるのなら、君が話を聴いてあげなよ。というかね、どこかの喜劇役者だかも言っていたけど、トラブルが起きたのだったら、そいつらが殴《なぐ》りあって決着をつけるべきだよ」

職務放棄のようなその発言に、一瞬、不安になる。

「桜田《さくらだ》さん、そんなこと言わないでくださいよ。それに、それをいうなら戦争をしたいのなら、政治家が直接殴りあえってことで、全く関係ないじゃないですか。ああ、それで、相談したいことがあるらしいのですけど、聞いた感じ僕より、桜田さんのほうがいいと思って」

担任が、困ったように頭を掻《か》く。

はぁ、と大きく息を吐くと、桜田と呼ばれた男性は、まあ、とりあえず座ってよ、と促《うなが》した。

くすんだ赤色のやぼったいソファに腰かけ、向かいに座る桜田さんを見る。

煩雑《はんざつ》だ、文句があるなら、考えてないで動くべきだ、と呟《つぶや》いている。

じゃあ、僕はこれで、と担任が部屋を去っていき、知らない相手とふたり、というどうしようもない不安に、襲われた。

「はぁ、全く。私は桜田。ここのスクールカウンセラーで、毎週火曜と金曜にこの学校に来てる。とはいえ、こんな役職、教師がやるべきだと思うんだ。よくないと思わない？　職務放棄だよ。教員の主目的が、授業することみたいになっているのが解《げ》せないんだ」

いきなり、饒舌《じょうぜつ》に話しかけられて、私はおずおずと頷くことしかできない。

ペラペラとよく舌が回るものだ。

偏屈《へんくつ》に話すのだが、その声はよく通り、教え諭《さと》されているような気分にさせられる不思議なものだった。

「それで、悩みっていうのは？」

いきなり本題へと入り、ドキッとする。

「えっと、その……」

「ああ、ごめん。私作業するから、話しといてくれない？」

そう言って、桜田さんはパソコンを開き、キーボードを叩《たた》き始めた。

画面を睨《にら》んでは、ときどき、口を隠すように手で覆い、考え込む。

あまりにこちらに無関心なその様子に、思わず、気が抜けた。

張り詰めていた糸が、ほぐれていくようだ。

仕方なしに、ぽつりぽつりと、私は悩みを打ち明けた。

クラスにいても、家にいても、居場所がないように感じて、息苦しい。

どこか違っていて、はみ出しているように思ってしまう。

櫛《くし》に絡まった真っ黒な髪の毛を、ひとつひとつ取り出すように、ゆっくりと言葉にしていく。

その間、桜田さんは、こちらには微塵《みじん》も興味がないと言わんばかりに、無関心を貫いていた。いや、どちらかというと、本当に無関心なのかもしれない。

ひととおり話し終えると、終わった？と気の抜けた声が聞こえてくる。

真剣に悩んでいるのに、軽く言われて、私は少し苛立《いらだ》った。

相談事に無関心なのは、それこそ彼の言う職務放棄なのではないか。

そんな思いが、池に投じられた餌《えさ》に群がる、錦鯉《にしきごい》のように募《つの》っていく。

けれども、そんな苛立ちにさえ無関心なのか、

「すごいね」

という声が聞こえてきた。

「そこまで典型的な、中学生の悩みを地でいくような人がいると思わなかった」

心臓を、爪の長い細い指で、弄《もてあそ》ばれているかのような、緊張と、羞恥心《しゅうちしん》が、広がっていく。

ありきたりだ、と言われることが、ここまで辛いとは思わなかった。

「まあでも、いいと思うよ。実に健全で、多分、君だから感じられる悩みだ。という
かね、こんなどこの誰とも知らない、今出会ったばかりの男に、そんな繊細《せんさい》な悩みを
打ち明けることができている段階で、だいぶすごいよ。君くらいの勇気があれば、私
もちゃんと動けるんだ。間に合う」

とりあえず、君が取れる方針は二つだ、と桜田さんは微笑《ほほえ》んだ。

「周りが水に覆われてしまったのなら、君が魚になるか、周りの水を抜くか。まあつまり、現状に適応するか、現状を変えるかだよ」

だからさ、調べてきてよ。君が、なんで疎外感を感じるのか、どういうときに、心臓が悲鳴を上げるのか、それを調べて、またここに来てよ。

そう言われて、その日の面談は終わった。

最後に名前を尋ねられ、詩音《しおん》です、と答えると、面白い名前だね、と言われた。それから、名字もだよ、と言われ、慌てて名乗った。


帰宅すると、夕飯の準備をしながら、母がいつもの調子で、重苦しいため息をついていた。

質量を伴ったそれは、床を埋め尽くし、歩けなくなるほどに、私の心を圧迫した。

お父さんは？と訊《たず》ねると、知らないわよ、あんな人、と気だるげな声が返ってくる。

仕方なしに自室に行き、宿題をする。

私の父は、大手企業のコールセンターで働いていた。コールセンターといっても名ばかりで、本質は、厄介《やっかい》なクレームに対応する職務だ。

どんなに理不尽で、納得のいかない文句でも、父はひたすらに謝るばかりで、そんな情けのない姿を、母は嫌っていた。

お父さんの仕事は、朝から晩まで謝るだけなのよ、と嫌味を言っている。

それに、しがないクレーム処理の給料は高が知れているから、そのことも、母の苛立ちに拍車をかけた。

しばらく宿題に取り組むと、一階から、ご飯よ、と気だるげな母の声が響いてきた。

慌てて降りていく。

すでに席についた、父の姿が目に入る。

母が手際よく用意を済ませて、食事が始まる。

こぢんまりとした食卓には、大豆でかさ増ししたハンバーグと、簡素なサラダが並べられている。

会話はほとんどなく、積もっていくのは、母の重苦しいため息と、父の、疲れが滲《にじ》む吐息《といき》だけだった。

沈黙を押し殺すように、必死にご飯を胃に押し込む。

耐えかねたのか父が、

「学校はどうだ？」

と話を振ってくる。

「まあまあ、だけど」

「来年は受験生だろ、勉強は順調か？」

はぁー、と大きなため息が聞こえてきた。

「塾にだってお金がかかるのよ。何も知らずに呑気《のんき》なもんね。大体、あなたがもっと頑張ってれば……」

張り巡らされたアンテナに引っかかってしまった。

次々と、生活に対する文句が母の口からあふれ出す。自分の言葉でさらにヒートアップしているようだ。

それを、ただ子犬のように肩をすぼめるだけで、反論のひとつもしない父の姿も、目に入る。

がっしりとした体躯《たいく》は、縮《ちぢ》こまってしまっている。

全身の筋肉が強張《こわば》る中で、私は静かに目を閉じた。

それは、この現実から目を背けるためでも、母の小言がこちらに飛び火しないよう神経を張り巡らせるためでもある。

翌日、鬱屈《うっくつ》としたまま、私は学校に行っていた。

休み時間の教室は、各々の友人との楽しげな会話によって、賑わっている。

そういうときの教室にいると、どことなく疎外感を覚える。

周りで広がる会話の喧騒《けんそう》に、自分だけが混じれないような、そんな感覚だ。

突然、大きな声が聞こえてくる。

翔太《しょうた》だった。

運動部に所属しているという話は聞かないが、少し日に焼けている。しっかりとした体格で、端整《たんせい》な顔立ちをしている男子で、最近、よく私に話しかけてくる。

「何読んでんだ？」

私が手に持っている、孤独を偽装するための文庫本を指差して、訊ねてくる。

憐《あわ》れみで話しかけられているようで、情けなさと恥ずかしさが立ち込める。

私なんて放っておいてほしい。

そんな受け取り方をする自分も嫌だった。

人当たりの良さそうな態度に、薄っぺらい道徳のようなものが見え隠れしていて、私は苦手だった。

本を持っていれば、この孤独は、自分から選んで過ごしている、そう思える。

そういうふうに思い込める。

だから、この本に対して特に愛着も、興味もなかった。

翔太が、机の前に屈《かが》んで、文庫本の表紙を覗《のぞ》き込んできていた。

「その人の本好きなの？　面白い？」

「いや別に、あったから読んでるだけ……」

わずかに、後悔に似た感情が胸を染めるが、それ以上に、嫌悪が勝った。

無差別に襲う喧騒が、私の周りを包んでいる。

「そうなんだ。じゃあ今度、俺の好きな本読んでみてくれよ。明日にでも持ってくるからさ。すごい面白いんだよ、良ければさ――」

「いらないよ！」

思わず、大きな声が出た。

翔太は一瞬、驚いたような顔を見せたが、すぐに、そんなふうに言わなくてもいいだろ、と決まりが悪そうに言った。

ああ、もう嫌だ、やめてしまいたい。

仲良くしたくないわけじゃない。それでもなぜか、私を浸《ひた》す水のせいでうまくいかないのだ。

そんな思いだけが、募っていく。

私の周りの水はいつだって、光を屈折《くっせつ》させて、手が届くようで、届かないようなもどかしさを与えるらしい。

青春なんて、とうに諦めた。

予鈴がなって、少し気を落としながら席に着く翔太を見て、そう思った。

話し終えると、桜田さんはふむと、小さく息をついた。

手で口を隠しながら、思案する様子は、微《かす》かなあどけなさを覗かせる。

「私はプロレスが大好きで、休日はよく知り合いのジムに行っているんだけど、君は休日何しているの？」

「え」意図《いと》が読み取れず、困惑する。

「ほら、話しづらいっていうのなら、私で試していけば？」

「あ、はい」と気の抜けた返事が出てから、「えーっと、塾でずっと勉強してます」と慌てて続けた。

「真面目だね。来年、受験生でしょ？」

「そうですね。ただ、そんなに頑張っている訳じゃなくて、母が、もったいないって言うから、できるだけ自習室とかを使うようにしているだけで……」

「お父さんと、お母さんの様子は周りの子は知っているの？」

知っています、と答える。

嫌な記憶だった。

母が、父を悪く言っているのは、同級生の母親の間ではかなり有名だった。

当然、周りのクラスメイトにも、なんとなくは知っている、という生徒が大勢いた。

確か、一年生になって間もない授業参観の日だ。

なんとか合間を縫《ぬ》って、観にきた父を、母は嫌がっていた。

少し離れた場所で、文句を言っているのを、目撃された。

ああ、そういう感じか、と妙な納得をされたような気がして、その日から、私の息はつまり始めた。

自分を造る根幹の部分が、よくない、と烙印《らくいん》を押し付けられたような気分だ。

「私とは、普通に話せているのにね」

記憶に潜っていた私を、いきなり引っ張り上げる声が聞こえた。

その内容に、どきりとする。

糾弾《きゅうだん》されているような気分になる。

「なんでなんでしょうか」

「さぁ、なんとなく見当はついてるけど、別に君に言うことじゃないからね」

そうそう、お父さんによろしくって言っておいて、と言われて、二度目の面談は終わった。

帰り際、さっき話してたジムに人が増えそうで、私としてもありがたいよ、と桜田さんに言われた。

翌週金曜日、私は学校にいた。

火曜日は面談がなく、そのまま帰された。

最近父の帰りが遅く、いつにも増して疲れているので、母の機嫌は最高に最低だ。ろくな給料をもらえないくせに、一丁前に疲れたような態度をとるな、ともはやただの暴言を吐いている。

急にクローゼットをひっくり返したり、持っていく弁当の量が増えたのも、母の機嫌を逆なでしたらしい。

それでも、何も言わない父が、私は妙に嫌だった。ただじっくりと母を見据え、見下すでも、言い返すでもなく、座っていた。

その様子に、わずかな違和感を抱く。

真剣に働き、文句のひとつも漏らさない父に、こんな感情を抱く私に、私自身嫌気がさすが、それでも一度感じた嫌悪は、雨漏りのように心を浸《ひた》していく。

「あのさ、ごめん。この前は」

急に声をかけられる。

決まりが悪そうに俯く翔太の背後には、眩《まぶ》しい日光が照り付けている。

「え、いや。いいよ、別に」

「自分の話したいことばっか話してさ、本当悪かった。ああ、でも、これだけは読んでみてほしいんだ。めちゃくちゃ、面白いからさ」

一冊の本を、こちらに差し出してくる。

「え、なんで。というか、私なんてほっとけばいいのに」

一瞬、驚いたような表情を浮かべる。

「話したいから話しかけるんだよ。難しい話じゃない」

苦々しげにそう言った。まっすぐこちらを見据えてきて、思わず目をそらす。

偽善のように見えてしまうから、早くチャイムが鳴ってほしい。


その日の放課後、桜田さんは珍しく楽しそうにしていた。

「君も来る？　今度さ、プロレスのアマチュア大会があって、私も観に行くのだけど、割といい席を用意してもらえたんだよ」

私が観に行っていいんですか、と訊ねると、桜田さんは嬉《うれ》しそうに、来てよ、本当にかっこいいんだ、というか、来るべきだよ、と語った。

「観に来るべきって、どういうことですか？」

「いい刺激になると思うんだ。ああ、それに、翔太も来るから」

突然出てきた、よく聞く名前に、驚く。

「所属しているんだよ、彼も。まあ、今回翔太は応援とか手伝いだけど」

豪快に闘うプロレスラーを見れば、私にも勇気がついて現状が良くなるとでも言いたいんだろうか。桜田さんには申し訳ないが、少しだけ陳腐《ちんぷ》で、期待はずれだと思った。

翔太がいるけど、それはまあいいか。

「お父さんの様子はどうだい？」

「いつもどおりですよ。少し帰りが遅くなったりして、母が怒ってましたけど、すぐ外へ行くようになっちゃってたので、前より悪化してるかも……」

「それは悪いことしたなぁ」

桜田さんは楽しそうにそう言う。

なにがですかと問うと、お父さん外行くとき着替えてなかったかい、と言われる。

なんで知ってるんですかと問いただしたかったけど、チャイムによって阻《はば》まれた。

翌日、私は電車で数十分ほどの都会にある、試合会場に向かった。

アマチュアとは言っても、そこそこ規模があるようで、スタジアムに向かう人の間には、独特の高揚《こうよう》と、興奮が入り乱れていた。

チケットをスタッフに手渡し、座席に座る。

青いフィールドに、四隅に立つポール。そこから張り巡らされているロープは、その空間を周りから切り離して、中での闘いを守護するようだった。

白い光に照らされ、いやに明るいスタジアムの中で、静かに試合の開始を待った。

「やあ、きてくれたんだ。良かったよ、彼も喜ぶよ」

後ろから、桜田さんの声が聞こえてくる。

ええまあ、と曖昧《あいまい》に答える。桜田さんの言う彼とは、翔太のことだろうか。

しばらく桜田さんの話に付きあうと、やがてざわざわという浮ついた喧騒が、入り口付近の観客に立ち込め、やがて会場全体に広まっていくのがわかった。

次の瞬間、会場の灯りが一斉に消え、あたりが真っ暗になる。

安っぽいスポットライトが、レスラーを照らす。大柄で引き締まった肉体は、雄々《おお》しさを纏《まと》っている。派手な虎のマスクを身につけて、ゆったりと、踏みしめるように歩いている。

アマチュアらしからず、猛々しい姿を、興奮した実況がより引き立てる。

ついで、相手方のレスラーが歩いてくる。

悪役のような黒い虫のようなマスクを身につけていて、こちらもまた独特の勇猛さがある。

すごい、とシンプルに思った。

父とは似つかない、勇猛な姿だった。

「あれ、詩音、なんでいるんだ？」

いきなり、聞き慣れた声に呼び止められる。

翔太だ。少し照れくさそうに頭を掻《か》いていた。

翔太が隣の桜田さんを見て、苦い顔を浮かべる。概《おおむ》ね、事情は伝わったらしい。

礼儀正しく挨拶《あいさつ》をする彼を見て、やはり少し、胸の中を突かれるような嫌な感じを覚える。

バン、と突然灯りが灯る。

大きな歓声が上がり、驚いて椅子から転げそうになった。

視界が回り、階段上の客席から、落ちる。まずい、と思ったときには、身体が空に投げ出され、地面が目の前に迫ってきたが、ドンという、大きな衝撃と共に私の身体は止まった。

とっさに突き出した両手に走った痛みに顔をしかめながらあたりを見ると、同じく顔をしかめる翔太が目に入った。

反射的にごめん、と謝る。

「いや、大丈夫」

爽《さわ》やかに笑う彼を見て、やはり、八方美人的な在り方に苦手意識を覚える。

「やっぱ、お前の前だし、カッコつけさせてくれよ」

驚くほど自然に、気をつけなければ聞き逃して、見落としてしまうかのような、するりと出てきたその言葉に、慌てて、翔太のほうを見た。

気恥ずかしく、悔《くや》しくも、頬《ほお》が熱い。

優等生らしく、義務感で私に話しかけてきていると思っていた少年は、想像よりずっと、幼くて、私と同じなことに気づかされる。相変わらず、照れくさそうに顔を掻く翔太を見て、少しだけ、嫌な感じが薄まるような感覚がした。

「君たち、年相応に青春を謳歌《おうか》していて微笑ましいけど、試合観ないの？」

桜田さんが、呆れたようにこちらを覗いてくる。

リングではすでに、二人のレスラーたちが闘っていた。

闘志をむき出しにして、互いに付かず離れずを繰り返している。

微かな均衡を保ちながら、空気を張り詰めているのがわかる。

「やっぱ、あの人すごいよな」

「まあ、元々運動やってたみたいだし、鬱憤《うっぷん》たまってたっぽいしね。それでも、すごいけど」

桜田さんと、翔太が話しているのが聞こえてきた。

虎のマスクのほうの話のようだ。

ロープを使い、虎のマスクの男が、大きく助走をつけて腕を振り回す。

荒々しくも、どこか優雅《ゆうが》なその動きをラリアットというのだと、桜田さんが教えてくれた。

相手の顔面にきれいに命中する。

ふと、虎のマスクの男に、違和感を覚える。

本来、そこにいるはずがないのに、そこにいる。そんな違和感だ。

慌てて、階段を降り、リングのすぐ脇に行く。

後ろから、翔太の声が聞こえてくるが、何を言っているのかは聞き取れない。桜田さんはきっと笑っているだろう。にやにやしているのが目に浮かぶ。

入ることができるギリギリのところまでにじり寄って、ただ食い入るように試合を見ていた。

中では、虎のマスクのレスラーが、虫のマスクのレスラーに関節技を決めて、カウントが進んでいた。

ひとつ、ふたつ、進んでいくカウントは、さながら私に事実を伝えるタイマーのようだ。

大げさに、そしてゆっくりと最後のカウントを迎え、審判がレスラーの手を高々と挙げる。

うおぉ、と咆哮《ほうこう》が響き、追いついてきた翔太が、息を切らしながらも興奮した様子で、やっぱすごいよ、この人、と話している。

さっきまでは気にも留めない褒《ほ》め言葉だったのに、今は救われるような感覚が広がっていくようでならない。

それは、私の推測のためか、翔太にそれを言われたからなのかはわからない。

後ろを振り向くと、桜田さんは笑っていた。

こちらに歩いてきて、喜劇役者だよ、と嬉しそうに言う。

喜びを爆発させ、審判の制止さえ無視して、マスクを外し、咆哮する男性の姿が目に入る。

その姿は、悔しいくらいにかっこよかった。

「お父さん……」

周りの、私を覆っていた水が、一気に引いていったように思えた。もしかしたら、水なんてなかったのかもしれない。

ただ、水があると思い込んで、勝手に、呼吸をやめてしまったのかも、と。

桜田さんを見たあと、翔太のほうをあらためて眺《なが》めて、そう思った。

「諦めていたことなんて、お父さんみたく、いくらでも取り戻せると思うよ」

大きく息を吸い込んだ。どのくらい吸えたのかもわからない。不格好だったと思うけれど、とにかくなにか叫びたかった。

フツウになれない日々の色

雨

「黒尾《くろお》くん」

放課後の美術室。静けさと少しの冷たさを含んだ空気に、芯のある声が落ちた。今朝寝違えた首だけで振り返る。

動かしていた手を止め、その声に導かれるように首だけで振り返る。今朝寝違えた
首が地味に痛くて、身体の向きを変えるべく椅子に座り直した。

黒の双眸《そうぼう》が僕をとらえている。光が差し込んでいるだけなのか、人より潤《うるお》いのある目なのか、はたまた泣き出しそうなのか。正解は別にどれでも良かった。「なに？」と短く返事をすると、そこにいた彼女の瞳が揺らいだ。寝違えた首が痛む。早く帰りたいな、と頭の片隅で思った。

「あたしのこと、なにも言わないの」

「なんの話？」

「見てたんでしょ、昼休み」

「昼？　……さあ、眠くてあんまり覚えてないかも」

「そういうのいいって」

彼女の――白井文花《しらいふみか》の声が荒くなった。肩を揺らし、眉の形を変え、目尻からはぽたぽたと涙が流れている。潤んでいた瞳は泣き出しそうだったからだと、そのとき初めて答えにたどり着くことができた。

「白井さん、わざわざそれを確認しに来たの」

「バラされたら、雪《ゆき》ちゃんを困らせちゃうから。あたしが無理やりしたことだから、雪ちゃんはなにも悪くないの」

昼休みからずっと泣くのを我慢していたのだろう。

確認するのが怖いのに、わざわざ放課後の時間を使って僕に直接話をしに来た。聞いてもいないのに、きっと本来言いたくないはずの事実を僕に伝えに来た。

きみは強い。涙を拭《ぬぐ》う彼女のことを、僕は心の中で賞賛《しょうさん》していた。

「バラすつもりなんかないよ。なにも見なかったことにする」

「そうしてくれると助かる。ありがとう」

「うん」

「……黒尾くんさ」

「うん」

「なにも、聞かないの？」

再び首が痛んだので、身体の向きを完全に彼女に向けた。ぎゅうっと強く手を握りしめていて、軽く肩を押しただけで簡単に崩れ落ちてしまいそうなほど足が震えている。相当勇気が要ることだったと思う。素晴らしい勇姿《ゆうし》だ。

白井文花。きみは、凄い人だ。

僕は何も聞かない。逆に、彼女は深く聞いてほしかったのだろうか。理解してくれるかもわからない、必要最低限の会話しか交わしたことのないクラスメイトに、きみが話すべきことなのだろうか。

彼女と、隣のクラスの女子生徒、永沼《ながぬま》雪が昼休みに空き教室でキスをしていた。いや、厳密には白井文花が永沼雪に無理やり迫っていた、というほうがきっと正しい。

その事実は、たまたま通りがかって見かけただけの僕が触れていい話だとは思わない。恥ずかしい、申し訳ない、知られたくない。簡単に口に出せない、一般的に報われない感情。

「白井さんが話したいなら話せばいいよ、ＢＧＭだと思って聞き流すから。話したくないなら、暗くならないうちに帰ったほうが良いと思う。僕、白井さんのこと送ったりできないし。でも、同情はしないけど白井さんの気持ちはわかるから」

「なにそれ……。優しいのか優しくないのかわかんないよ」

「一応部活中だから。無駄話は良くないかなって」

彼女の瞳からこぼれる涙が僕にはなんだか眩《まぶ》しくて、思わず目を逸《そ》らした。

「ずっとそういう目で見てたの？って雪ちゃんも引いてた。女の子を好きになっちゃうの、フツウの人からしたらめちゃくちゃヘンだし、気持ち悪いんだろうな」

「……そうかもね」

「ねえ、でもさ。あたし知ってるよ——黒尾くんも、あたしと同じだって」

思い出すのは、高校一年生の冬のこと。

わが校の美術部は帰宅部とニアイコールだったので、部員数はそれなりにいるはずなのに、放課後毎日美術室に来て絵を描く馬鹿真面目な部員はふたりだけだった。

名前は黒尾織《しき》と風見蓮《かざみれん》。それは僕と、僕の幼馴染《おさななじみ》だった。

僕たちふたりは、幼いときから絵を描くのが好きだった。同じアトリエ教室に通っていたことで、お互いの母親が仲良くなり、必然と僕たちも一緒にいるようになった。

僕の母は、家で父と話しているときよりも、蓮の母と話しているときのほうが幸せそうに見えた。けれどそれは恋でも愛でもなく、深い友情でつながっていただけなのだと思う。母は、フツウに恋ができる人間だからだ。両親はフツウに恋をして、結婚して、愛を育んで僕が生まれた。僕の家だけじゃなく、それが世界にとっての普通で、あたりまえ。僕もそれをちゃんとわかっていた。

中学、高校と同じ学校に通っていた僕と蓮は、あたりまえのようにふたりで美術部に入った。真面目に活動する部員が少ない分、顧問は僕たちのように真面目に絵を描きに来る生徒には丁寧で甘かったので、画材も道具も好きに使わせてくれた。

『蓮のこと描いてもいい？』

十二月の半《なか》ば、雪が降る放課後のことだ。僕は、蓮にきみの絵を描きたいとお願いした。

『なんだよ、急に』

『横顔、きれいだから。僕、昔から好きなんだ、蓮の顔』

『顔ね』

『いや、もちろん顔だけじゃないよ。雰囲気《ふんいき》とか、全部。いつかちゃんと描いてみたいってずっと思ってたから』

僕の夢だった。人をモデルにして描くのはあまり得意ではないけれど、蓮のことだけは、なんとなく僕の記憶以外の場所にも残しておきたいと思っていた。

初めてそう感じたのは中学生のとき。中学の美術部は他にも部員がいたから、ふたりきりになることが少なくてなかなか言い出すことができなかった。

恥ずかしかったのだ。

僕が、きみを美しいと思っている事実を誰かに知られることが。

ついきみのことを目で追ってしまう僕を認めることが。

恥ずかしくて、それから少し怖かった。

『じゃあおれも織のこと描こっかな』

『蓮を描いてる僕を描くってこと？』

『そう。そのほうが効率いいだろ。お互いのモデルになりながら、作品もできる』

『……確かに』

『織』

丁寧に紡《つむ》がれた自分の名前に、心臓が鳴った。

『おれも、おまえのこと、好きだよ』

話の流れからして僕の『顔が好き』という意味合いだととらえるのが普通なのに、僕はどうしてかキュンとしてしまって、そんな自分に首を振った。

僕と蓮。幼馴染、同級生、——男と男。

変だ、おかしい、普通じゃない。キュンってなんだ、どうして心臓がざわつくんだよ。気のせいだ。そうじゃないと困る。僕たちはお互いの顔が好きで、絵を描くだけ。余計な感情は抱かない。邪念《じゃねん》は、絵にも表れる。

『……はは。やめろよ、改まって言われんの流石《さすが》にキモい』

『えー？　幼馴染のオモムキってやつじゃん』

『趣ってさ、絶対蓮の使い方違うよ』

『まあまあ、いいだろ細かいことは』

だから僕は、長年寄り添っている違和感には、その日も気づかないふりをした。そうすることでしか、僕は僕のことを普通だとは思えなかった。

蓮が引っ越したのは、お互いの肖像画《しょうぞうが》が出来上がる前のことだった。

僕は、蓮が描いてくれた僕の絵を見ていない。そして僕もまた、蓮に自分の絵の完成形を見せることはなかった。僕が描いた風見蓮の記録は、未完成のまま物置に眠っている。きっと蓮が描いた黒尾織の記録も、どこかで埃《ほこり》をかぶっているのかもしれない。

『なあなあ聞いた？　風見って、黒尾のこと好きらしいぜ』

僕たちは失敗した。間違えてしまった。

確かにあのとき、僕はこれまでの生き方を全て否定されたように感じていた。

『えーそうなの？　風見くん、顔かっこいいのに残念』

『恋愛対象にしてるのが男ってことじゃん。やべー、俺も狙われちゃうかも』

『男同士とかありえねぇ～』

『黒尾もさ、幼馴染としてこれまで性的な目で見られてたって思うと引くよなあ？』

僕が風邪で学校を休んだ次の日、蓮は噂の対象になっていた。

事の発端は前日の放課後にあったそうだ。クラスメイトから聞いた話によると、蓮が僕の肖像画を描いているところに、授業で忘れ物をしたクラスメイトがやってきたらしい。その話を聞いたとき、蓮はまだ登校していなかった。

『風見がめっちゃ真剣に黒尾の絵描いてるからさあ。お前らいつも一緒にいるけどできてんの？って聞いてみたんだよ。そしたら風見、「好きに決まってんじゃん」ってさ。いやあ、ガチっぽくて引いたわ』

蓮と直接やりとりをしたクラスメイトが半笑いでそう言っていたのを聞いただけなので、そのとき交わされた確かなやりとりを僕は知らない。『引いた』とか『残念』とか『ありえない』とか、蓮に向けられた棘《とげ》のどれもが、まるで自分に言われているようで、痛くて苦しかった。

『で、実際どう？　黒尾的に、風見はありなわけ？』

その問いかけに、僕は言葉を詰まらせた。僕は、蓮のことをどう思っているんだろう。ありかなしかで考えたことは一度もなかった。ただ、僕たちは隣にいるのがあたりまえで、それが楽で、心地よくて、好きだった。家族のような、友達のような、恋のような感情。

けれどそれは、きっとフツウじゃないことで。

『……ないでしょ、気持ち悪い』

『──だってよ風見。振られちゃってカワイソー』

『え』

掠《かす》れた声で答えたそれは、ちょうど登校したばかりの蓮の耳に届いてしまった。

一瞬だけ歪《ゆが》んだ蓮の顔が、僕は今でも忘れられずにいる。

『だよな。迷惑かけてごめん、織』

それだけ言うと、蓮は逃げるように教室を出ていった。その日から蓮は学校に来なくなり、数日後、引っ越したという事実だけを聞かされた。

あれから一年以上経《た》つけれど、蓮とは連絡すら取りあっていない。連絡先はもっているのに、メッセージを送るのが怖かった。なんて声をかけていいかわからなかった。僕も蓮に言いたいことがあったのに、守ることができなかった僕に、今さら発言する権利なんてないと思った。

懐かしいなんて思えない、記憶に新しい出来事。僕の時間はあのときから止まったままで、瞼《まぶた》を閉じると蓮の傷ついた顔が浮かぶのだ。

『おれも、おまえのこと、好きだよ』

あのとき、僕の気持ちもまたフツウではなかったと気づけていたら。僕が抱えていた違和感が、蓮と同じものだと認められていたら。僕たちは病気なんかじゃない。ただ生きているだけで、ただ人を好きになっただけだと、そう言えていたら。

そうしたら、僕と蓮は今もふたりで絵を描きあっていただろうか。

「黒尾くん？」

彼女の声にハッとした。

「ああ、いや。ごめん」

顔をあげて窓に視線を移すと、すっかり陽が落ちて外は真っ暗になっていた。蓮と最後にこの場所で絵を描いたあのときからもう一年以上が経っていると思うと、時の流れが怖くなる。

「人生やり直せたらいいのに。雪ちゃんに嫌われる前に戻りたい」

「……生まれ変わるとかじゃなくて？」

「だってあたし、別に自分のこと嫌いなわけじゃないから。……まあ、それなりに幸せになりたかったとは思うけど」

永沼雪は男を好きになる、いわゆるフツウに値する人だ。彼女に異性の恋人ができたらしい。友達という関係性で彼女の隣にいた白井文花は、突然の報告に動揺した。彼女が誰かのものになることを恐れた。衝動的に、気づいたときには彼女の唇に触れていたという。

「雪ちゃんに、気持ち悪いっていわれた。フツウだよね、そうだよね。あたしがフツウだったらさ、女の子を好きになっちゃう人のこと気持ち悪いって思っちゃう気がするもん」

「……そうかもね」

「でもさ、あたしフツウじゃないから。だからフツウじゃないなりに、雪ちゃんには絶対言わないでおこうって決めてたんだよ。なのに勢いでキスしちゃって怒らせたし、嫌われちゃった。自分のせいでこうなったのが悲しいし、後悔しかない。こうなる前に戻りたい」

一般的に、平均的に、恋人というのは男女で成り立つ関係だと認識する人が多い。高校生なんて特にそうだと思う。

「あいつ絶対ゲイだよな」とか「いくら女同士でも手つないで歩いてるのとか見るとちょっと引いちゃうんだけど」とか「同性愛って病気じゃないの?」とか。心無い言葉がフツウにあふれる世界を、僕たちは生きている。

フツウという言葉は凶器だと思う。フツウになりたくてもなれない人がたくさんいる。フツウになりたい、フツウに異性に恋をしたい。

そう思うのが僕たちのような人間にとってはフツウだと思っていた。だからこそ、自分のことを嫌いじゃないと言う彼女に、僕は面喰らってしまったのだ。

「あたし、普通に人を好きになっただけなんだよ。それが女の子だったってだけなのに、なんで人より傷つかないといけないんだろうね」

「え?」

「ねえ、黒尾くんも思わない?」

ああ、そうか。彼女の言うとおりだ。

蓮とたわいのない話をするのが好きだった。年頃の男子は、女子の身体がどうだとか経験値がどうだとか、品のない話ばかりするから苦手だったけれど、蓮とそんな話をしたことは一度もなかった。だから楽だったのか、だから一緒にいたのか、だから好きだったのか。多分、全部だったのだと思う。

蓮の横顔が好きだった。絵を完成させてしまったら、もう蓮の横顔をこんなにも長く、まじまじと見ることはできないと思ったから、いつもよりゆっくり描いていた。

本当のことを言ったら、蓮はきっと困ったように笑うんだろう。

横顔だけじゃない。僕は、蓮のことが。

僕「は」──僕「も」、好きだったんだ。

「……僕も人生やり直したいな。後悔ばっかだし」

「やっぱり、そう思うよね。普通だよね、この気持ちって」

フツウフツウって、フツウでいることのなにがそんなに偉いんだろう。僕たちは確かに普通じゃなかった。だけどそれは誰かに笑われるようなことでも、引かれるようなことでもない。おかしいのは、いろいろな感情に適応しないこの世界のほうだ。

白井文花だってそうだ。振られて泣くのは、恋をする人間としてよくあることだろうし、好きな人に嫌われたくないと思うのも、衝動的にキスしたくなる気持ちも、おかしな感情ではなかった。

「送っていくから帰ろう。僕、家に帰って描かないといけない絵があるから」

「なに？」

「白井さん」

あの頃の僕はとても弱くて、臆病《おくびょう》で、蓮を追いかける勇気がなかった。悪いことをしていないはずの蓮に謝らせてしまうくらい、フツウでいられない自分のことが怖かった。

だけどもう大丈夫。世界が僕たちに追いついていないだけ。フツウは偉くもないし凄くもない。面白くてヘンでフツウじゃない僕たちの人生は、きっと魅力的だ。

今度こそ、きみの横顔を完成させたい。少し怖いけれど、蓮に連絡してみることにする。ブロックされていたらそれはそれだ。あらゆる手段を使って、蓮ともう一度話をしよう。生憎《あいにく》、僕はそういうのが意外と得意だったりするのだ。蓮は知らないかもしれないけれど。

人生はやり直せない。だからせめて、抱えた後悔もフツウじゃない自分も受け入れて、少しずつ向きあって生きてみることにする。

「普通じゃないって、きっとフツウなことなのかもね」

「意味わかんない日本語」

「言わないでよ。あたしも自分で言ってて思ったんだから。てか黒尾くん、さっき送っていくとかできないって言ってなかった?」

「背中押してくれたお礼だよ」

「なーにそれ。意味わかんない日本語!」

白か黒か決めたがる世界で、灰色の僕たちはきっと一枚上手だ。

静寂のおままごと

朱宮あめ

[第一章・私の一日]

五月。早朝特有の薄い陽射しに頬《ほお》をなでられ、私は夢から覚めた。シーツにくるまりぼんやりとしたまま、数度ぱちぱちと瞬きをする。なぜだか、心臓が高鳴っていた。ついさっきまで、なにか恐ろしい夢を見ていたような気がするけれど、思い出せない。

ふと、壁かけのカレンダーが視界に入った。日焼けして随分と色褪《いろあ》せたまま放置されている。いい加減変えなきゃ、と目に入る度《たび》に思うのだけど、学生は忙しい。ついつい後回しにしてしまって、うっかり十二年もの月日が過ぎていた。

定期的に部屋の掃除をしてくれるママも、カレンダーにはあまり興味がないのかそれとも気づいていないのか、なにも言ってこない。

「雪乃《ゆきの》！　朝ごはんできたよー」

階下からママの声が聞こえて、私はようやくのそのそとベッドから起き上がる。

まだ少し大きい紺色のジャンパースカートの制服に着替えると、部屋を出て一階のリビングに降りた。

＊　＊　＊

『明日で、あの痛ましい園児無差別殺傷事件から十二年が経《た》ちますが……』

テレビからは、いつもどおりといえばいつも通りの悲しいニュースが流れている。

私はそれをBGMにして、ママ特製のリンゴジャムをたっぷりと塗ったトーストにかじりついた。

サクッと軽やかな音が耳朶《じだ》を叩《たた》く。直後、じゅわっとリンゴの果肉と香ばしいパンの香りが鼻に抜けた。中のもちもち部分がひょっこりと顔を出し、さらに新たな幸福感を私に与えてくれる。

「んー！　おいひいー！」

私はうっかりすると落ちそうになる頬を片手で押し上げながら、リンゴジャムと香ばしいトーストのハーモニーを味わう。

白く平たいお皿には、目玉焼きとウインナーとプチトマトがふたつ。その隣に、牛乳がたっぷり入ったグラスがある。私は顔をしかめた。牛乳は嫌いだ。いつも言っているのに、ママはそれでも少しでもいいから飲んで、と懲《こ》りずに毎朝出してくる。でも、嫌いなものは嫌い。私の意思は石より固いのである。

そういうわけなので、さりげなくママのほうにそっとグラスを流して、代わりに冷蔵庫からこっそり取り出した大好物のトマトジュースを注《そそ》ぐ。

うん、朝はやっぱりトマトジュースでしょ！

なんて思いながら、まずひとくち。と、そのとき。足にぬくもりを感じた。どきりとしてテーブルの下を覗《のぞ》くと、「みぃ」と鳴く小さなギャングが私の足に擦《す》り寄っていた。

「なんだミィか。こら、ダメだよ。これは私のウインナーなんだから、ミィにはあげないよ」

「みゃあーん」

ぬ。可愛い……。

仔猫《こねこ》らしいまだあどけない鳴き方のミィに、うっかり心が揺らぎそうになる。いやしかし私は騙《だま》されない。こいつは甘えるふりをして、実は私のウインナーを虎《こ》視眈々《したんたん》と狙っているのだ。仔猫にウインナーはまだ早い。お得意の猫パンチで掠《かす》め取られる前にと、私はウインナーにかじりつく。

「ふふん、勝ったわ」

「みぅ……」

食べながら勝ち誇《ほこ》った顔を見せると、ギャングが反撃のパンチをかましてきた。

「ぬわっ！　危なっ！」

私は慌ててお皿を顔より上にあげる。なんとか難を逃れたものの、みぃってば日に日にパンチに磨《みが》きがかかってきている気がする。

「ほら、雪乃！　早く食べないと朝練、遅刻しちゃうわよ」

ママの小言にハッとして、私は時計を見た。時刻は六時ちょっと前。学校が始まる時間には全然早いが、朝練に間に合わせるためにはいい時間だ。

「そうだった！　今日はね、ママ。景太《けいた》くんの試合の応援に行くんだ。神奈川《かながわ》で試合なの」

景太くんは私の幼馴染《おさななじみ》で、同じ高校の野球部の男の子。そして、私の初恋の相手だったりする。もちろん、告白なんてしてないし、これはママとパパにも絶対内緒《ないしょ》だけど。

「あぁ、そういえば景太くんは野球部なんだっけ？　どう？　今年は甲子園《こうしえん》行けそう？」

「きっと行ける！　だって私とさつきちゃんが応援するんだもん！」

さつきちゃんというのは、もうひとりの私の幼馴染。面倒見が良くて大人っぽくて、とてもしっかりした女の子。景太くんもさつきちゃんも、幼稚園の頃からずっと一緒の、私の大切な友だちなんだ。

「そう……」

ママは一瞬、なぜか寂しげに笑った。

「ママ？　どうしたの？」

訊《たず》ねると、ママはハッとして笑みを浮かべた。

「ううん、なんでもないわ。元気ならいいの、なんでも」

「うん！」

「さつきちゃんもきっと、すごく可愛らしくなったんでしょうね」

「うん！　さつきちゃんのチアリーダー、すっごく可愛いんだから！　動きもキレッキレなの」

するとママは嬉《うれ》しそうに目を細めた。

「そっか。ママも見たいなぁ」

「野球部が勝ったら甲子園できっと見れるよ！」

「ふふ。そうね。楽しみだわ」

私はママにそう返しながら、迫り来る時間に追い立てられるように急いで目玉焼きを頬張る。最後に残しておいたプチトマトふたつをぽんと口に入れると、締めのトマトジュースでまるごと喉《のど》の奥に流し込んだ。

ごくん、と喉を鳴らしつつ立ち上がる。

「あ、こら！　喉に詰まらせないようにちゃんと噛《か》みなさい」

「大丈夫！」

「全く忙《せわ》しないんだから。ほらもうまたこぼして……！」

「ごめーん！」

歯磨きをしながら、可愛らしいキャラクターがプリントされたランチボックスを、教科書やノートでぱんぱんのスクールバッグに無理やりぎゅうぎゅうと詰め込んで。口をゆすいで髪型の最終チェックを済ませたら、玄関に行く。ピカピカの焦茶色のローファーを履《は》いて、扉に手をかけた。

「それじゃ、いってきまーす！」

元気よく家の玄関を開けると、隙間から柔らかな、鼻がムズムズするようなあたたかさが入り込んでくる。今日はいつもより花粉が多いかもしれない。

いざ出ようとしていると、ママがキッチンから出てきた。

「雪乃、ハンカチ持った？」

「うん！」

「定期券は？」

「持ったよ！」

「そう。えっと、それじゃ……」

ママはそれでもまだなにか心配そうに私を見つめてくる。

「それじゃ、行ってくるね！」

「車、気を付けて。雪乃ったら、フルートのことを考え出すとすぐ周りが見えなくなるんだから」

「大丈夫だよ。私、もう高校生なんだから！　ママったら心配し過ぎ！」

するとママは困ったように笑って、足元にいたミィを抱き上げた。

「そうね……それじゃあ、気を付けて帰ってくるのよ」

「うん！　いってきます！」

笑顔で手を振って、私は家を出た。

「いってらっしゃい」

いつもと同じ、ママの優しい声を背中に受けて、私の一日は始まる。

高校に行って、つまらない授業の間はずっとフルートのことか、景太くんのことを考えていたりして。

待ちに待った放課後になったら、吹奏楽部で思う存分フルートを練習する。

そして、部活のあとは景太くんとさつきちゃんとファミレスに寄って、ドリンクバーとポテトだけ頼んで、だらだらとくだらない話——たとえば、担任の先生の髪の毛が最近またさらに薄くなってきただとか、誰ちゃんが誰くんを好きだとか——で、青春の無駄遣いに満足してから、私はようやく家に帰るのだ。

うん、これでこそいつもの一日。私の一日。完璧な、私の人生だ。

さあ、今日も何気ない一日が始まる。

［第二章・あの子の一日］

『明日で、あの痛ましい園児無差別殺傷事件から十二年が経ちますが……』

流れ込んでくるのは、耳障《ざわ》りの悪い嫌な不協和音。

あの出来事からもう十二年が経ったのだと、テレビのアナウンサーはＡＩのような無機質な声で言う。私はその事実から目を逸《そ》らすように、堪《たま》らずテレビのチャンネルを変えた。そのまま流れるようにカウンターの向こう側にいる娘に目をやった。

雪乃はニュースの声などまるで気にした様子もなく、猫とじゃれていた。愛らしい娘の笑顔にほっとして、私は口元を緩ませる。

何気ない朝の時間を噛み締めていると、パッと目が合った。

誤魔化すように、私は「ほら、雪乃！　早く食べないと朝練、遅刻しちゃうわよ」と、わざと苛立った声を出して娘をつっついた。

幸せだ。過不足のない、なにも間違っていない完璧な朝。誰も侵《おか》すことのできない、私たちだけの朝だ。

雪乃はするりと私を通り抜けて、元気よく駆けていく。

「行ってきます」

雪乃は、花が咲くような笑顔でそう言って、玄関の扉に手をかけた。

私はいつも通り、なんにも気付かないふりをして、笑顔を浮かべる。

振り向いた雪乃の笑顔は、扉の隙間から差し込んだ太陽の光で目が眩《くら》んで、よく見えなかった。

「いってらっしゃい」

雪乃を送り出すときは、いつだって胃のあたりがぎゅうっと締め付けられるような感覚になる。でも、それを口にはしない。口にしたら、あの子がなにかに勘づいてしまうかもしれないから。あの子は今、このときを一生懸命生きている。その邪魔は絶対にしたくはない。

青春を具現化《ぐげんか》したようなその残像に少しだけ胸の痛みと悲しみを感じるけれど、でも、やっぱりほっとする。

雪乃を見送った私は、作った笑顔をすっと消す。

ふと、壁にかけられたカレンダーが視界を掠めた。

「もうすぐ……あの日……」

もうすぐ、あの日がやってくる。

カレンダーには、赤い印。それは、私の完璧な日常が壊れた日。あと数時間後。その日は、あの子が——雪乃が死んだ日だった。

『園児たちはお昼寝中だったこともあり、多くの園児たちが眠ったまま亡くなってしまったということですが……』

ニュースのコメンテーターの声がやけに歪《いびつ》に響いた。

別番組にチャンネルを変えたはずなのに、どうしてまたこのニュースがかかっているのだろう、と疑問を抱いて、リモコンの近くに毛むくじゃらがいることに気付いた。

ミィだ。

なんだ、と笑みが漏れた。この子がじゃれて、チャンネルをいじってしまったのだ。全く仕方ないな、と思いながら、さっきまで雪乃が座っていたリビングの椅子に腰かけた。テレビを消して、雪乃が残した牛乳を飲む。

十二年前の明日、雪乃は確かに死んだ。

当時四歳だった雪乃は、突然侵入してきた通り魔の男にナイフで刺されて殺されたのだ。犯人は会社のリストラにあった五十代の男だった。就職先が決まらず、むしゃくしゃしていて傷つける相手は誰でもよかったのだと供述《きょうじゅつ》したという。

この事件で、園児十七人と保育士二人が亡くなった。

雪乃だけじゃなく、雪乃と仲が良かったさつきちゃんも、雪乃がこっそり想いを寄せていた景太くんも、雪乃が懐《なつ》いていた明菜《あきな》先生も……。

みんな、雪乃が大好きだった人たちはみんな、あの日で時間が止まってしまった。

もちろん、母親である私の時間も。

でも、雪乃は十二年経った今もまだ、そのことに気づいていない。

今日も明日も、そのあともずっとずっと……多分、自分が死んだことに気づかないまま、あの子は日常の……人生のおままごとを静かに続けていく。

これが運命だというのなら、私はそれを受け入れる。

でも、雪乃を守るという私の役目は、雪乃が生きていようとそうでなかろうと、変わらないのだ。

どんなに悲しいおままごとだとしても……。

私はいつまでも、いつまでも付きあう。

だって、私は雪乃の母親だから。

カタン、と音がした。また、ミィだ。今度は仏壇《ぶつだん》の写真立てにじゃれついていた。

「こら、もう。写真倒しちゃダメじゃない。全く、仔猫っていうのはなんにでも興味を持つのね……」

立て直そうとして立ち上がると、洗濯機が止まる音がした。

「あら、もうこんな時間」

ミィが倒した仏壇のふたつの写真をそのままに、私は洗濯物を取りに脱衣所へ向かった。

［第三章・孤独な一日］

『明日で、あの痛ましい園児無差別殺傷事件から十二年が経ちますが……』

アナウンサーの正確で無機質な声が、静寂を切り裂く。

帰ってくるなりすぐにテレビを付けるようになって、早十二年の時が過ぎていた。

僕は仏壇の中に飾られた、懐かしい、眩《まぶ》しい笑顔を見ようとして、あれ、と思った。

写真が倒れている。立て直し、あらためてその笑顔を見て、小さく息を吐いた。

『園児たちはお昼寝中だったこともあり、多くの園児たちが眠ったまま亡くなってしまったということですが……』

部屋には、アナウンサーの声とかちりかちりという時計の無機質な音だけが響いている。

もう十一時なのか、と時計を見て驚く。

時間は確かに流れているはずなのに、あの日から僕の心の時計は止まったまま……

いや、むしろ戻るばかりだ。

毎日仕事もないのに無駄な残業をして、真っ暗な部屋に帰って明かりを点ける度、この胸は熱く、そして暗くなる。

「にゃあ」

「ただいま、ミィ。寝てたのか？」

足元に擦り寄る愛猫《あいびょう》の足はおぼつかない。彼女たちが生きていた頃はいつも楽しそうで、元気にころころと部屋の中を駆け回っていたというのに、今ではすっかりおばあさん猫だ。

ミィはあ大きなあくびをして、耳の後ろを掻いている。しわしわの小さな顔を見て、思わずふっと表情が綻《ほころ》んだ。

「お前だけはまだ、僕をひとりにはしないでいてくれよ……」

小さな頭を優しく撫でてやると、ミィは気持ち良さそうにごろごろと喉を鳴らして目を細めた。

ミィに餌をやってから、がらんとした冷蔵庫からビールと買い置きの弁当を出して、ひとり寂しい夕食をとる。

まるで味のしない弁当を規則的に口に運びながら何気なく仏壇を見て、僕は、あ、とひとり小さく声を上げた。

そこにはふたつ、少し色の変わったグラスがあった。トマトジュースと牛乳がそれぞれ入っている。雪乃が大好きだったトマトジュース。それと、妻が雪乃に飲ませようと四苦八苦していた牛乳（結局いつも雪乃は残し、妻が飲んでいた）だ。

「新しいのに変えてやらなくちゃな。冷たいやつにしようか。今日は暑かったからな」

話しかけるように言いながら、仏壇に供《そな》えられたグラスを取った。きれいに洗ってから新しいものを入れてやろうと冷蔵庫を開ける。が、ない。そういえば、どちらもちょうど切らしていたのだった。

仕方ない、近くのコンビニに買いに行こう。ため息混じりに玄関に向かう。

『あら、今から出かけるの？』

ふと、聴こえないはずの声が聴こえた気がして、僕は後ろを振り返った。

「にゃあ」

「……なんだ、お前か」

いたのは、ミィだった。ふっと肩の力が抜けた。

「……ちょっと行ってくるよ」

ミィはじっとその場に座って、僕を見上げている。長いしっぽがゆらりと揺れた。

「テレビはつけたままで行くから」

そう言って、帰ってきたばかりの家を出た。

『いってらっしゃい』も、『いってきます』も、この家にはない。僕にはもう手の届かないものになってしまった。

パタン、と玄関の扉が小さく音を立てて閉まる。

コンビニでトマトジュースと牛乳と、それから生前好きだったものをいくつか買って外へ出る。帰り道、どこかの家から、赤ん坊の声が聞こえた。生命力に満ちたその声から逃げるように、僕は歩く速度を早めた。

家に帰ると、コップに注いだトマトジュースと牛乳を仏壇に供えて、ぼんやりと写真を眺《なが》めた。

四歳の愛娘《まなむすめ》の笑顔は、まるで太陽そのものだった。

今頃、雪乃は生きていたら十六歳。高校生だ。どんな子になっていただろう。制服は、ブレザーだろうか。それともセーラー服だろうか。どちらにしても、きっと可愛らしかっただろう。

妻だって雪乃の制服姿を見たかったはずだ。お互い歳がいってからのひとり娘だったので、雪乃のことは溺愛していたから。

そういえば、雪乃が幼稚園に入った頃、妻とよく習いごとの話をした。音楽を聴かせると喜ぶ子だったから、雪乃にはなにか楽器の習いごとをさせてやろうと話していたのだ。ピアノかヴァイオリンか、それかフルートやトランペットでもいい。この子はなにが気に入るだろうな。

雪乃のまるまるとした寝顔を見ながら、そんな話を妻と毎晩のようにしていた。

「にゃう」

ミィが鳴いた。少し嗄《しゃが》れた、元気のない声で。

その瞬間。

『おぎゃあ！』

不意に、雪乃の産声が蘇った。

『なんてかわいい女の子。あなた、抱いてあげて』

『雪乃、分かるか。パパだよ』

『あっ、笑った！　すごい、分かるのかしら？』

『パパの声なんだから分かるよな？』

『あら。それならママの声も分かるはずよ』

『可愛いなぁ……天使みたいだ』

『ねぇ雪乃。あなたは私たちの宝物よ。きっと元気に育ってね……──』

小さな額にキスをして笑い合ったあの日の記憶。

「雪乃……はるか……」

愛する二人の名前を呼んだ瞬間、あたたかいなにかが頬をつたった。涙だと気づいたときにはもう、次から次へとあふれ出して止まらない。涸《か》れ果てたと思っていた涙はいつの間に復活したのか、いくら拭《ぬぐ》ってもとめどなくあふれ続け、僕は嗚咽《おえつ》し始めた。

僕も妻も、望んでいたのはひとつだけ。ただ、雪乃に元気に育ってほしかった。それだけだったのに。

どうしてこんなことになってしまったのだろう……。

急に、現実が襲いかかってきたようだった。

あれから、十二年。

僕の膝の上でころころしていたあの子も、生きていたらもう高校生になる。それだけの月日を、僕はひとりで生きてきたのか……。

いくら時が流れても、胸の傷が癒えることはなく生のまま、ふとしたとき僕の心の柔らかいところをえぐっていく。

あぁ、神様。もしこの世に本当に神様というものが存在するのなら。

どうか、お願いします。あの子たちを返してください。あの子の笑顔を、妻の優しい微笑みを、僕の日常を……。

夢ならいい加減覚めさせてください……。

あの日から十二年、この部屋はなにも変わっていない。家具の位置も、子供部屋の壁紙も、僕たちのベッドも、それから、カレンダーも。

全部同じ景色なのに、二人だけがいない。日々、色褪せていく……。

テレビの音が虚《むな》しく響いた。

『十二年前の園児無差別殺傷事件で犠牲になったのは、園児十七人と、保育士二人、そして事件当日、たまたま居合わせて被害に遭《あ》ってしまった園児の母親ひとりです。明日、この事件の被害者二十人の追悼《ついとう》のため、現場となった保育園跡地の公園では、慰霊《いれい》の式典が行われるとのことです』

映像中の画面が、パッと切り替わった。

カメラが新たに映し出したのは、事件に巻き込まれて命を失った被害者たち。

ずらりと並ぶ子供たちの写真の中に、どうしてか僕の妻と娘の笑顔もそこに並んでいた。

仮想家族

三峰

夜七時、三十歳近い青年は会社から帰宅する。彼は未婚でひとり暮らしをしていて、コンビニで買ってきた弁当を食べて、お風呂に入って明日に備えて早く寝ようとしていた。

そしてものが散らかっているテーブルで、さっきコンビニで買ってきた弁当を食べる。

もし結婚して妻がいたら、会社から帰ってきてこんなコンビニの冷たいご飯ではなく、あたたかいご飯が待っているのだろうかと思っていた。

青年は家に帰っても誰もいないことに寂しさを感じていた。

弁当を食べ終わり風呂に入って寝ようとした瞬間《しゅんかん》、インターホンが鳴った。

「誰だ、こんな夜に」

ドアを開けると、そこには開いているか閉じているかわからないぐらい目が細い、何処《どこ》から見ても不気味な男が立っていた。

「こんばんは。人々の悩みを解決することを仕事にしている黒磯《くろいそ》と申します。少しお話をよろしいですか？」

青年は追い返そうとするが「お話だけでも」と言い、なかなか帰ろうとしないので話だけは聞くことにした。

「さきほども言いましたが、私は人々の悩みを解決することが仕事なのです。悩み事が絶えないこの現代、誰もが悩みを抱えています。それで私はより多くの人に幸せになってほしいと思いこの仕事をしております。なにか悩み事はあるでしょうか？」

「まあ自分は独り身なので、ひとりで部屋にいると寂しくなるときがありますね。もし結婚して家庭を持っていたらどんな感じになっているだろうかと想像したりします」

そして謎の男はいいものがあると言い、後日あなたに送ると言って帰っていった。

後日、家に不審なものが届いた。ダンボールには精密《せいみつ》機械につき取扱《とりあつかい》注意の張り紙が貼ってある。

一体このダンボールの中になにが入っているのかと思いながら開けてみると、バイクのヘルメット型をした機械で、横にその機械の取扱説明書らしきものが入っている。ヘルメットの機械を被りボタンを押すだけで家族が持てると書いてあるが、青年はどういうことかと思った。

さっそく書いてあるとおりヘルメットの機械を被りボタンを押す。そうすると何処を見渡しても真っ暗な空間の中にいた。

「ここは何処だ？」

そして何者かのアナウンスが始まる。

「この度は仮想現実サービス、『仮想家族』をご利用いただきありがとうございます。本サービスは仮想現実の世界の中で架空《かくう》の家族を持てるサービスとなっております」

「こんなすごい技術があったとは」

青年はこの仮想の世界に行けば寂しさがなくなるかもと思った。

そして『仮想家族』を始めるための設定を、アナウンスの指示に言われるがままやった。

「それでは『仮想家族』の構成は橋本美里《はしもとみさと》、妻、三十二歳、橋本千尋《ちひろ》、娘、五歳になります」

こうして青年は奇妙な男からもらった機械で家族を手に入れたのだ。

「それでは仮想現実サービス『仮想家族』をお楽しみください」

そして青年は『仮想家族』を開始した。

「ただいま」

「おかえりなさい」

そこには妻がいる。青年はうれしくて涙が出そうになる。

「あなた、お仕事大変でしたね」

青年は妻の優しさに触れ感動していた。

「ご飯できているから、一緒に食べましょう」

青年は着替えてくると言い、スーツを脱ぎラフな格好になる。そしてテーブルの前に座り料理を食べようとする。

「今日はハンバーグか」

「そうです！　私の得意なハンバーグですよ」

青年は久しぶりに誰かと食べる食事でおいしいと感じた。

「うん、うまい」

「良かったわ、作ったかいがあった」


それから数日後、青年は家に帰ることが楽しみになった。それは今までは家に帰ってもひとりだったが、リアルな仮想空間の中には家族がいるからだ。

青年は黙々と洗濯物を取り込む。独り身だと洗濯物は少ないが、家族三人分となるといつもとは違う洗濯物を取り込む量に、大変に思った。

そして洗濯物を取り込み終わり、ソファーで休もうとするとまた妻に「娘の面倒を見といて」と言われ娘の遊びに付きあわされる。子供とあまり関わったことがないため子供の接し方というのがわからないので、とりあえずコミュニケーションを取ろうと話しかけてみるがなにも反応せず無視される。他にも「いい子だ」や「えらい」と言って褒めてみるも反応はさっきと同じだ。

そうしている間に時間は過ぎて、娘をお風呂に入れる時間がきた。

まずは服を脱がそうとするが逃げ回ってなかなか服を脱いではくれない。そしてなんとか服を脱がして、頭をシャンプーしようとするとかなり嫌がるが無理やりシャンプーした。頭を洗っているうちに突然子供が泣き出した。最初はなんのことやらと思ったが、どうやら頭を洗っているうちに目にシャンプーが入ったようだ。

そのあと泣き止んだので湯船につかりなんとか子供をお風呂に入れたが、子供がまた泣き出し落ち着いてお風呂に入ることはできなかった。

そうして青年は、今日の所は『仮想家族』の体験を終わりにし現実世界に戻ってきた。仮想の家族とはいえ家族を持つことが大変だということに気づいた。

家庭を持つデメリットを考えると大変だし、自分の時間がなくなることがわかった。

また、仮想現実のヘルメットの機械を被り何日間も次こそはと子供とのコミュニケーションを試みるも、全くうまくいかない。

このままコミュニケーションを試してもうまくいかないと思い、妻に相談してみることにした。妻は夫と違い専業主婦のため家におりずっと子供の面倒を見ているので、自分の子供のことをよくわかっている。

相談しようと思いリビングに行くとちょうど妻がいた。

「あの、実は娘について聞きたいことがあるんだ」

「千尋のことですか？」

そして妻にそのことを相談すると、こう言われたのだ。

「それについては私もよくわかりません。でも、ひとつだけわかることがあります。あの子はあなたには心を開かないということだけははっきりと言えます」

「そうなんだ……」

青年はショックだった。

「ごめんなさい、別にあなたが悪いわけじゃないんですよ、ただあの子が心を開いていないだけですから」

「どうすればいいんだ……」

「あの子の気持ちを尊重してあげてください」

そして次の日も、青年が娘に話しかけるがまたもや無視されてしまい落ち込んでいると妻がやってきた。

「やっぱり俺、嫌われているのかな？」

「きっと大丈夫ですよ。明日はあの子の誕生日なので一緒にプレゼントを買いに行きましょう」

そして翌日になり、青年は娘と妻と一緒に買い物に出かけた。

ショッピングモールに着きいろいろな店を見て回っていると、少女はなにかを見つけたらしくそれを指差した。

「これ欲しい」

それは可愛らしいぬいぐるみで、娘に買ってくるから待っているように言った。

レジで会計をしようとしたとき、『仮想家族』のサービスからメッセージが表示された。そのメッセージには《利用確認、設定されたクレジットカードで支払いますか?》と書いてあった、最初はなんのことやらと思ったがピンときた。『仮想家族』のサービスを始めるときの設定でアナウンスの指示に言われるがまま、クレジットカードの番号を入力したのを思い出した。

青年はこれはソーシャルゲームでいう課金みたいなものだと思った。

それで会計を済ませて、娘の所へ戻りぬいぐるみを渡すと「ありがとう」と言われ、昨日は全く自分の声かけに反応がなかった娘が、初めて口をきいてくれた。昨日に比べたら大きな進歩だ。さらに娘との関係を深めるため妻と娘と公園に行くことにした。

「ねえ、お父さんブランコ乗ろう」

そして青年と娘は一緒にブランコに楽しそうに乗り、しばらくふたりで遊具で遊び続けた。

　前までは青年に口をきかない娘だったが、今は普通にコミュニケーションが取れている。そのあと鬼ごっこをすることになり娘は公園の中を元気に走り回った。そこには笑顔があふれていた。

　そして夕方になると娘は疲れたのか眠ってしまい、青年はおんぶしながら帰る。

「子供と遊ぶのはいいものだな。子供と遊ぶと自分も子供になった気分になれる」

　自分が子供だった頃、友達と暗くなるまで外で遊んだことを懐かしく思い、大人になってからは無邪気に外で遊ぶということがなかったことに気づいた。

　そして現実世界に戻っていた。

　家庭を持つと大変でつらいこともあるがいいこともある。特に子供の成長を見るのは、家庭を持つ者しか味わえない楽しみがあると思ったのだ。


　それから毎日のように『仮想家族』を楽しみ数ヶ月が過ぎた頃。家のインターホンが鳴り、ドアを開けてみるとこの前来た黒磯だった。どうやら様子を見に来たらしいので、家の中で話すことにした。

　黒磯は『仮想家族』のサービスのほうはどうだったかと聞いてきた。

「突然あんなものが家に届いて驚きましたが、『仮想家族』には満足しています。自分みたいな独り身にはぴったりのサービスだと思いますね」

そして黒磯は、実は『仮想家族』は独り身の人の寂しさを埋めるためだけのサービスではないと言い出した。

「最近では未婚が進み少子化になっています。その理由として結婚することで自分の自由な時間がなくなるだとか、家事の負担が増えるなどと感じる人の増加と言われています。ですが家庭を持つことでの楽しさやうれしさがあります。そこで仮想の世界で家族を持つことで関心を引き、未婚化、少子化の解決につながると思います。なので、家族を持たない人に、家族との暮らしを感じてもらうためのリアルなバーチャルサービス『仮想家族』のサービスを始めました。どうですか体験してみて。実際に家族を持ちたいと思いました？」

「まあ、家族を持つと独り身では体験できないこともあり結構楽しいと思いましたが、まだ実際に家族を持つのは悩む所ですね。なのでもう少し『仮想家族』を体験してから考えたいですね」

「そうですか、まあ焦らず考えてください」

そう言うと黒磯は帰っていった。

青年は今の生活に不満はない。しかしこのまま独身でいるよりは結婚したほうがいいとは思っていたが、なかなか踏み切れない。

そんなことを考えながら、青年は再び『仮想家族』のヘルメットの機械を被る。

数日後、青年は仮想世界にいた。幼稚園児だった娘が成長しもうすぐ小学校に入学する。そのためデパートに娘のランドセルを買いに来ていた。ランドセル売り場には色とりどりのランドセルがあった。

娘がどの色がいいのか迷っていると店員が話しかけてきてピンクの色を勧められた。

「うーん、この子はもっと落ち着いた感じの色のほうが好きだと思うんですよね」

そう言って出された色は、青みがかった白のような色をしていた。

「いいですね、これなら娘に合いそうです」

そして娘は父親のプレゼントに喜んでいた。

それから日頃お世話になっている妻へプレゼントを買うことにした。妻は腕時計が欲しいと言うので売り場に来てみたが青年は驚いた、売り場にある腕時計の値段が財布には優しくない値段であった。

「高いな……」

「どうしました？」

「いや、なんでもないよ」

「そうですか、もし予算が足りないのであれば私が出しましょうか？」

「いや、自分のお金を使うから大丈夫だよ」

「そうですか、あまり無理しない程度にしてくださいい」

そして妻が選んだのは三十万ほどの腕時計だった。青年は妻が選んだ三十万ほどの腕時計を買うことにした。

仮想現実にいる仮想の家族に三十万ほどの腕時計を買うことにあまり抵抗感はなかった。

青年はソーシャルゲームで三十万を課金していることとあまり変わらないことに気づいた。


そして月日は流れ、この前まで小さな子供だったがもう小学校卒業だ。

「子供の成長は早いものだな。もう中学生か……」

そう言いながら家でのんびりしていたら、一本の電話がかかってきた。

その電話は娘の学校からだった。電話の内容は娘の千尋が突然倒れ病院へ緊急搬送《はんそう》されたというものだったので、青年と妻は一刻も早く急いで病院に行った。

病院に着くとベッドに娘が横たわっていた。容態《ようだい》は落ち着いたらしくこれから検査をするらしい。自分と妻は病院の椅子に腰をかけ検査の結果を待つ。青年は本当の自分の家族のように娘を心配した。

数時間後、検査が終わり青年と妻だけ医師に呼び出された。あまりいい予感はしないと思いながら医師の話を聞くと、やはり予感は的中した。

娘は重い病気にかかっており手術をせずほっておくと死に至るという、手術の費用は保険がきかないため二千万ほどするらしい。

しかし青年には貯金がなく、ローンを組んでも返せるかどうかわからない。

「どうすればいいんだ……。このままでは死んでしまうかもしれないのに」

青年はある決断をした。それは『仮想家族』のサービスをやめることだった。

このままでは娘を助けられないから、いっそサービスをやめるほうが自分のためになるはずだと思っていた。

だが青年は『仮想家族』というサービスは存在しない架空の家族だが、本当の家族のように思えて、普段ソーシャルゲームの課金なんか無駄だと思ってやってなかったが、娘のランドセルや妻の時計を買ったときも買うことは無駄だと思わなかった。

それから青年は急ぎ足でとある場所に向かった。

そして何日か過ぎ、そこには途方に暮れる前の姿とは比べものにならない青年の姿があった。

青年は仮想世界にいる架空の娘のために手術を受けさせ助けたが、無理をして借金をしてしまったのだ。

「俺はなにをしているのだろう、こんなことをしても意味がないのに」

そして数日後、青年はいつもどおり仕事を終え帰宅し『仮想家族』を開きログインしようとしたがエラー表示が出た。

「どういうことだ？」

すると運営からメッセージが届いた。《このサービスは終了しました》という内容だった。

「なんだと！　ふざけんなよ！」

青年は怒りに震えた。

そして『仮想家族』の運営会社に電話をかけてみたがつながらなかった。

「くそ、俺の娘は助かったのに……。どうやら本当に終わったみたいだな」

仮想現実での生活は夢のようなものだと気づいたのだ。

その頃、黒磯はとある所に電話をかけた。

「黒磯です。やはり膨大な人のデータを使うことにより、リアルなＡＩの家族を作り出すことで本当の家族のように思えるようです。利用者で普段ゲームなどで課金してない人も、『仮想家族』はよりリアルなため課金を誘発《ゆうはつ》し抵抗感なく課金してくれて、本当の家族にものなどを買ってあげているような感覚になります。これからは『仮想家族』が新しくすばらしいビジネスになるでしょう。それから実際に家族を持つより仮想の世界で家族を持つほうがリスクが少ないため増えると思います、なぜなら『仮想家族』は嫌になったらやめてしまえばいいのですから……。これで実験機は成功ですね」

それから青年はゲームやアニメなどの架空のものは『所詮、架空だから』という理由で感情移入できないでいた。

そして今夢中になってやっているものがあり、それはマッチングアプリだ。

あのことがあって以来、実際の人間との関係性を求めていた。

「やっぱ架空なものより実在するもののほうがいいな」

そう言いながら今日もマッチングアプリを夢中でする青年の姿があったのだ。

死にたい気持ち、交換条件で叶えます

上原もも

「生きている意味なんてあるのかよ」

まもるは冷め切ったカップ焼きそばを口いっぱいに頬張《ほおば》りながら、ひとりスマホに向かって嘆いた。今日は月曜日。箸を口にくわえたままスマホを見ると、すでに十一時を回っていた。午前の講義は半分以上は終わっている。出席だけ返事をして、そっと抜けてくればよかった、という安易《あんい》な考えが頭をよぎり、少しだけ後悔した。

ふと机に目をやるとレポートの山が視界に入り、思わず深いため息が出た。クリーニングに出したスーツだって、ベッドの上に置きっぱなし。滅多《めった》に掃除もしないからか、フローリングの隅には埃《ほこり》が溜まっていた。部屋の中には、焼きそばの匂いがむわっと充満している。汚いといえば汚いのかもしれないけれど、この環境に慣れてしまえば、案外平気で過ごせる気もした。

大学四年生になり、就職活動をしていたまもるは、なかなか決まらない就職先に焦りと不安を感じていた。田舎に住んでいたこともあり、就職先は「都会の大企業に勤めたい」という揺るぎない気持ちがあった。両親は、大企業にこだわる必要などない、小さな会社だっていいところはある、と励ましてくれたけれど、まもるにとっては、そんなの単なる甘えのように感じられ、受け入れることができなかった。

高層ビルの最上階にあるオフィス。

満員電車に揺られている自分。

同僚と居酒屋で仕事の愚痴《ぐち》を言い合う姿。

そういったイメージに、憧れを抱いていた。

地元には小さな役場や、工場が数軒あるだけで、高層ビルもなければ、居酒屋だってない。バスだって一時間に一本走っている程度。理想とはかけ離れていた。

「これをしてみたい。あれになってみたい」

憧れだけは大きくあったけれど、大企業への内定は、まもるが思うようにはうまくいかなかった。何度も面接を受けてみるも、結果は不採用。はじめは「次こそは絶対に採用通知をもらってやる」と意気込んでいた。

だけど、繰り返されるお祈りメール、というものに、次第にまもるは自信とやる気を失っていった。そしていつしか、あんなに必死に取り組んでいた就職活動からも徐々に遠のいていくようになった。

なんでこんなに頑張らないといけないのだろう、そんな悶々《もんもん》とした毎日を送っているうちに、全てがどうでもよくなり、外に出ることさえも億劫《おっくう》になっていった。

そこから始まったのが、今の生活「引きこもり」。働きたくない訳ではないけれど、ただ意欲が湧いてこなかった。

まもるは気が病むと、決まって同じ言葉をスマホで検索した。

「死にたい　楽な方法」

本気で死にたいのかは自分でもわからない。ただ、楽になって、全てから解放されたかった。

窮屈《きゅうくつ》で息苦しい生活。

追い詰められた毎日。

両親からの慰めの声。

全てが鬱陶《うっとう》しくて、生きづらくて、消えたかった。いつか日本の自殺者の中に自分も含まれるだろう、まもるには不明瞭な自信があった。


「酒でも買いに行くか」

ジャージ姿のまま、まもるは小銭入れとスマホを片手に取ると、部屋を出た。こうやって家の外に出るのは、お酒を買いにコンビニに行く時くらい。ご飯を用意してくれている両親も、さすがにお酒までは買い与えてくれなかった。

昼間からお酒ばかり買いにくる若者だなんて、きっと自分くらいしかいないだろう。まもるは多少の気まずさはあったものの、他に行く当てがないので、結局いつものコンビニに行くしかない。すれ違う人に「学校は行かないの?」と聞かれるのが怖くて、自然と早歩きになった。コンビニが見え始め、小走りを始めた瞬間、突然背後から声をかけられた。

「ねぇ、まもるくん」

まもるは声のするほうをハッと振り向いた。色白の同年代くらいの男の子が穏やかな表情で立っていた。

「だれ……ですか？」

両親以外の人と会話をしたのはいつぶりだろう。それに今どき「くん付け」なんて珍しい。心臓の鼓動が一瞬で早くなったまもるは、絞り出すような声で聞いた。

「僕はきずきです。どんなことでも、まもるくんの願いを叶えることができます」

ずいぶんとおっとりとした口調できずきは答え、そして姿勢を正してこう付け加えた。

「まもるくん、死にたいんでしょ？　その願い、僕が叶えてあげるよ」

まもるは全身から血の気が引いていくのを感じた。

「でも……、その……」

まもるは思わず言葉に詰まった。自分は確かに死にたいと思っている。だけど、そんな願い本当に叶うのか？　そもそも、この少年は一体誰なんだ？

立ち尽くすまもるの目の前で、きずきは会話を続けた。

「まもるくんの死にたい、という願いを叶えてあげる代わりに、僕の願いもひとつ叶えてほしい。交換条件ってやつ。僕はまもるくんの家族と一緒に旅行に行きたい。

ね？　簡単なことでしょ？」

「え、どういうこと？　てか、そもそも君は誰？　俺の家族と旅行？」

まもるの口から聞きたいことが、あふれ出てきた。

「簡単に言うと、僕は天からの使い。死へのエスコートをお助けすることが僕の役割。死にたいって願う人のもとに行って、その人が楽に死ねるように、サポートをしてまわる。苦しい思いはさせないから安心して」

「何それ？　幽霊ってやつ？」

「幽霊とはちょっと違うかな。あくまで〝死ぬ〟っていうことが目的だから、効率的に死ねるように、少しお手伝いをするだけ。怪しい者ではないから」

きずきは真っ白な歯をニカッと見せて笑った。

「でも、なんで俺の家族と旅行なんだよ？　もっと他にいい条件とかないのかよ？」

まもるは不満そうに言った。

「まもるくんが死んだら、お父さんとお母さんはどう思うと思う？」

「え……」

まもるは唾を飲み込んだ。そんなこと考えたこともなかった。自分が死んだあとの両親。大切に育ててきた息子が死んだら、悲しむかもしれない。嘆き悲しむ両親の姿が脳裏《のうり》をよぎった。

「死ぬっていうことは、もう二度と会えなくなるっていうことなんだよ？　お喋りすることも、笑いあうことも、なにもできなくなる。だから僕は死にたいと思っている人の願いを叶える前に、大切な人との思い出を作ってもらうんだ。やっぱり嫌な記憶のまま死ぬのは悲しいでしょ？　こんな単純な交換条件で死ねるって、簡単なことだと思わない？」

「それはそうだけど……」

まもるは淡々と話すきずきに、呆気に取られた。確かに死ぬ時に嫌な思い出しかないのは辛い。少しくらい楽しい思い出があるまま死んだほうが〝いい死に方〟かもしれない。

「だから僕はまもるくんが死ぬ前の最後の思い出として、家族旅行をしたいんだ。楽しい思い出を親子で作るって最高の親孝行だと思うけど。それに、親孝行してから死んだほうが、きっと〝いい死に方〟ができると思うよ」

親孝行という言葉がまもるの胸をぎゅっと締め付けた。もちろんここまで育ててくれた両親には親孝行くらいしたかった。だけど、今の自分が、果たしてそんなことできるのだろうか。死ぬということが急に、とてつもなく難しく感じられた。

そう言うと、きずきはまもるのほうへ、笑顔を浮かべたまま歩み寄ってきた。

「ちなみに今日からまもるくんと僕は兄弟、という設定だから。みんなの記憶の中では、最初から僕はこの世に存在していたことになっているし、僕がいなくなった瞬間、みんなの記憶からも僕は消える。だからまもるくんは、普段どおりに過ごして大丈夫」

マニュアルを説明しているかのようなきずきの話に、まもるは戸惑った。

「大丈夫。そのうち慣れてくるから。さ、外は寒いし早く家に帰ろう」

そう言うと、きずきは何事もなかったかのように、まもるの家のほうに向かってスタスタと歩き始めた。

なんなんだよ、こいつ。

まもるも小銭入れをポケットに入れて、急いであとを追いかけた。

「随分と散らかった部屋だね」

カップ麺のゴミを手に取ったきずきは、ため息をつきキョロキョロと部屋中を眺《なが》めて言った。

「で、なんでまもるくんは死にたいの？」

唐突すぎる質問だった。なんで、と言われたらなんでなのだろうか。

就職活動がしんどいからだろうか。

毎日が生きづらいからだろうか。

両親に迷惑をかけているからだろうか。

どれも違う気もしたし、全てが当てはまる気もした。

「なんていうか。俺、毎日生きていることが辛いんだ。この先うまく生きていける自信もないし」

まもるは下を向いたまま、独り言のように答えた。

「そんなの簡単だよ。楽しいことをやっていれば、人生幸せになれるよ」

きずきのあまりにも楽観的な言葉にまもるは一瞬イラついた。

「あのね、俺には就職活動っていうものがあるんだよ。大企業に就職しないといけないのに、決まらなくて焦っているんだ。それに一日中引きこもりの子どもだなんて両親にとっても恥でしかないだろ」

さほど関心のないようにふーん、とだけ答えたきずきは、まもるの顔を表情を変えることなく覗《のぞ》き込んだ。

「俺は小さな会社には勤めたくないんだ。大きな会社に入って、たくさん稼ぎたいんだ。こんな田舎で生きていたくないんだよ。これ以上両親も悩ませたくないんだ」

まもるの口調は荒くなっていた。自分の真剣さがなにも伝わっていない気がして腹立たしかった。

「それで、死にたいの？」

きずきの表情が急に真顔になった。

「あぁ、そうだよ。これが俺が死にたい理由。それだけ毎日追い詰められてるんだ。死にたい理由なんてなんでもいいだろ」

まもるには今の生活がこの先も続く、ということが、どうしても耐えられなかった。希望が見えなかった。

幸せになれる気がしなかった。

これ以上両親にも迷惑をかけたくなかった。

そして、自分には「死ぬ」という選択肢しか残っていないような気がした。

「わかった。でも、死ぬためにはみんなで家族旅行をして最後の思い出作りをしないと。たったこれだけでまもるくんは約束どおり死ぬことができる。まもるくんの願いも叶うし、僕の願いも叶うし、ウィンウィンじゃない？」

きずきの口調からは、不思議と余裕のようなものが感じられた。

「じゃあ、これからのことだけど……。家族旅行に行くには、まずお金が必要だしそのためにもアルバイトでもしてみたら？」

そう言うと、きずきは横に置いていた小さなカバンから求人案内のパンフレットを取り出すと、まもるの目の前に広げた。田舎、といっても一ヶ月に一回程度はどこかしらの求人がかかっていて、コンビニの前などに求人案内が置いてある。きずきは目をつぶり、パラパラとめくると、適当なところで手を止めた。

「ここ。まもるくんはここでしばらく働いて」

開かれたページには印刷工場の求人が載っていた。なんて雑なやり方なんだろう、とまもるは呆気に取られた。交通費支給、未経験者大歓迎、学生可。まもるにもできそうなアルバイト。だけど、死にたいと願う人間が、こんなことをしなければならない理由がまもるには分からなかったし、小さな工場で働くだなんてプライドが許さなかった。

「無理だよ、こんなところ」

そう口にしようとしたけれど、すでに遅かった。

「あの、求人案内を見て応募しようと思いました。はい、はい……よろしくお願いします」

きずきはすでに工場に電話をかけ始めていた。

おいおいおい。なんだよこの展開。まもるはスマホを取り上げようとしたけれど、電話を切ったきずきがニコッと笑いかけると弾《はず》んだ声で言った。

「明日から採用だって。よかったじゃん。頑張ってきてね」

「はじめまして。よろしくお願い致します」

まもるの表情は引き攣《つ》っていた。なんで俺がこんなボロ臭い工場で、アルバイトなんかしないといけないんだよ。絶対にすぐ辞めてやる。まもるは心の中で毒づいた。

「久しぶりの若者で嬉しいよ。わからないことがあったらなんでも聞いてくれ」

小太りで、剃《そ》り残しの髭が目立つ、この年配の男性がどうやら工場長らしい。

こんなに狭《せま》くて、薄汚れた場所でこれから働いていく、と思うとまもるはうんざりした。工場の天井についた蛍光灯はチカチカと点滅していて、玄関の入り口には、伸び切った雑草が生い茂っていた。

だから小さな会社ってのは嫌なんだよ。

まもるは深いため息を何度もつきながら、工場長から施設内の説明を受けた。

休憩時間、まもるは缶コーヒーを飲みながら、窓の外をぼんやりと眺《なが》めていた。カラスが電線に止まり、くつろいでいる。

「カラスはいいよな、飛んでいるだけで生きていけるんだから」

思わず心の声がそのまま声となって出てしまう。きっと普段どおり家にいたら、今頃自分はなにもしないでスマホを触っているだけですむ。それなのに死にたいはずの俺はなぜか、働きたくもない工場でアルバイトをしている。これこそ無駄極まりない生活だ。顔に当たる暖房の風が鬱陶しくて、まもるは外に出た。

「お、まもるくん。ちょうどいいところに来た。雑草を抜くのを手伝ってくれないか？」

まだ休憩時間だというのに、工場長はひとりで雑草抜きを行っていた。

「あ、はい。わかりました」

缶コーヒーのゴミを捨て、まもるも雑草抜きを手伝い始めた。

雑草抜きだなんて、小学生以来。あの頃は気楽だった。人生について悩むことなど全くなかった。なのにまさか、自分がこんな人生を歩むことになるだなんて。虚《むな》しさを振り払うように、まもるは黙々と雑草を抜き続けた。

かなり集中していたんだと思う。

「今日はこれくらいで終わり。本当に助かった。明日からもよろしく頼んだよ」

工場長の明るい一声で、今日の作業は突然終わった。

引きこもり生活が続いていた自分が、まさかこうやって人にお礼を言われるとは思ってもおらず、なんだかこそばゆい気がしたけれど、まもるの表情は自然とほころんだ。


「まもるくん、お疲れさま。先にごはん食べているからね」

家に帰ってきたまもるの姿を見ると、きずきは箸を止めて優しく声をかけた。両親もきずきの存在を疑問に思っていない様子で、そこにはいつも通りの日常があった。

「アルバイト、どうだった？　もう慣れたか？」

久しぶりに外に出たまもるのことがよほど嬉しかったのか、父はまもるが椅子に座るなり早々、グラスを片手にビールを勧めてきた。母の表情もいつもより穏やかに見える。

「まぁね。でも、いつまで続くかわからないし」

疲れていたまもるは、ぶっきらぼうな口調で答えた。

「まもるくん、これもまもるくんの願いを叶えるために、必要なことなんだよ。だから頑張って」

きずきはまもるの耳元で小さな声でささやいた。

死ぬためなのに家族旅行に行く。そのためにお金を貯めている。

死ぬためなのに、随分と遠回りをしている気がしたまもるは、正直うんざりしたけれど、翌日から嫌々ながらのアルバイト生活が毎日始まった。死ぬ前の最高の思い出づくりのために必要な事、と言ってきずきが勝手にシフトを入れてしまうから。最初のうちは言いあいになっていたけれど、これもまもるの「死にたい」という願いを叶えるためだ、って言うきずきの反論で締めくくられてしまう。

「まもるくんが来てくれて、この工場も随分と活気が戻ってきたよ。やっぱり若者の力は偉大だな」

工場長はまもるの姿を見かける度《たび》に、声をかけてくれた。小さな工場だからこそ一人の仕事量は多くて、もちろん最初のうちは戸惑うことも多かった。

だけど、少しずつ作業に慣れてくると、なんとなく楽しく思えるようになってきて、いつの間にか自分もすっかり工場スタッフの一員となっていることに気がついた。

「こんなところすぐにでも辞めてやる」

そう思っていたけれど、まもるはあっという間に一ヶ月、三ヶ月、と毎日働き続けていた。この工場に来ると、自分は必要とされているんだ、ってなんだか前向きになれたし、生きていてもいいのかなって思えたりもした。

家で毎日なにもしないで過ごす日々。つい数ヶ月前まではそんな毎日だったけれど、今となっては、そういった自堕落《じだらく》な生活にはもう戻れない。大企業に勤めなくても、こうやって素晴らしい職場はあるし、田舎だっていいところはあるんだっていうことを感じることができた。小さな会社だなんて許せなかったけれど、まもるの考えはこの数ヶ月で、大きく変化していた。

「まもるくん、ちょっと話があるんだけど」

工場長に話しかけられたのは、仕事が終わり、まもるが帰ろうとしている時だった。いつもとは違う口調に、まもるは自分がなにか悪いことでもしただろうか、と顔色を曇《くも》らせた。

「まもるくん、まだ内定は決まってないと言っていたよね？　よかったらこれから先も、うちで働かないかい？　もちろんアルバイトではなく、正社員として」

思ってもいなかった工場勤務のオファーに緊張で固くなっていたまもるの表情が、一瞬で解けた。まさか自分が憧れの正社員として働けるだなんて。この職場でやりがいを感じていたまもるには、断る理由が思い浮かばなかった。

「はい。ぜひ働きたいです。よろしくお願いします」

まもるは深く頭を下げた。


「今回はまもるの内定祝いだ。だからいつもよりもいい宿をとったぞ」

工場勤務が決まった翌週、両親は温泉旅館への家族旅行を計画してくれた。もちろんきずきも一緒に。

車で三時間ほど走らせた山奥にある旅館は、地元の人だけが知る高級旅館で、普段は仕事が忙しい父も、まもるの内定祝いということもあり珍しく仕事を休んでくれた。

「ここの温泉は最高なんだ。日本一のお湯なんだぞ」

そう言うと、旅館に着くとすぐに父は、タオルと浴衣を手に取って真っ直ぐに温泉へと向かった。まもるときずきも急いで準備をすると、遅れないようにあとに続いた。

滝が見える広々とした露天風呂。

外は肌寒かったけれど、熱いお湯が冷え切った身体を芯から温めてくれた。顔を撫でるひんやりとした風が、なんだか心地良い。

「きずき、俺なんか変わったと思わない？」

身体を熱《ほて》らせたまもるが、隣でくつろいでいるきずきに尋ねた。

「変わった。すごい変わった。うんと大人になってるよ」

きずきはまもるの目を、大きな瞳で正面から見つめて答えた。

死ぬために始めたアルバイト。

まさかそのまま就職するなんて思ってもいなかった。人生なにがあるかわからないな、とまもるは静かに上を見上げた。太陽が沈み、暗くなりかけている。これからどんな将来が待っているのか、自分にもわからない。だけど、今までよりも、ずっと幸せになれる、まもるはそんな気がした。

夕飯の時間になると、女将さんが部屋に豪華な料理を運んできてくれた。お刺身にステーキ。そして鯛のお吸い物に炊き込みご飯。普段はお酒を控えている母も、この日は一緒に晩酌《ばんしゃく》を楽しんでいた。

なんて最高な日なんだろう。これからもずっと、こんな日が続いていけばいいのに。

頬を薄っすらと赤く染めたまもるが隣を見ると、きずきも両親と盛り上がっていて、その姿はなんだか微笑《ほほえ》ましく、思わず笑みが溢《あふ》れた。

こんなのを家族団欒《だんらん》って呼ぶんだろうな、となんだか胸が熱くなった。しばらく夜空を見ていたまもるがふと横を見ると、きずきが眠そうにあくびをしていたので、そろそろ寝ることにした。布団を敷いて、床につく。こうやって布団に寝るのは何年ぶりだろう。幼い頃に両親に挟《はさ》まれ、真ん中で寝ていたことを思い出し、ふと懐かしく思う。

「きずき、俺と出会ってくれてありがとう」

まもるはきずきにそっと話しかけたけれど、すでにきずきは小さな寝息を立ててすやすやと、眠りに落ちていた。

楽しい時間は一瞬で過ぎ去り、一泊二日の温泉旅行は、あっという間に朝を迎えた。

まもるはもう少しここにいたかったな、とちょっぴり残念な気持ちになった。

「まもる、内定おめでとう。お母さん本当に嬉しいわ。身体だけは無理をしないようにね」

母の声はなんだか震えているように感じた。

「母さん、ありがとう。今までごめん。俺、これから工場で頑張っていくよ。大企業にこだわらなくてもいいっていうことに、ようやく気がついたよ」

照れくさそうに言ったまもるは、今までのこだわりが、とてつもなく小さなものだった、ということに気づき急に情けなく感じられた。

大企業でなくてもいい。

小さくてもいい。

見栄を張ることなんて必要ないんだ。

俺が長年しがみついていたのはなんだったんだろう？

今までの自分の考えが馬鹿馬鹿しく思えて、まもるはふっと小さく笑った。

「まもるくん、最高の思い出ができたんじゃない？」

隣にいたきずきが突然、まもるに話しかけてきた。

「え、なんのこと？」

まもるはきずきの言っている言葉の意味が飲み込めない。

「ほら、お父さんもお母さんもすごく喜んでいるよ。まもるくんは素敵な親孝行ができたんじゃない？　この旅行ってまもるくんにとっても忘れられない思い出になったと思うよ」

きずきは表情を変えることなく、淡々とした口調で言った。まもるの頭の中に、きずきと交わした「思い出作り」と「親孝行」という言葉が蘇る。それと同時に、全身の血の気がすーっと引いていくのを感じた。

せっかく就職先が決まったのに。

自分の未来が見え始めたのに。

両親にも喜んでもらうことができたのに。

親孝行ができたのに。

それなのに、俺はきずきと交換条件を結んでいた。この条件をクリアした俺は「今から死ぬ」

「まもるくん、覚えている？　約束したよね？　交換条件。死ぬ前に思い出を作ろうって話。最後に素敵な思い出ができたんじゃない？　それにまもるくんの望んでいた親孝行もできたじゃん。おめでとう。これで希望どおりの条件クリアだよ」

まもるは頭の中が真っ白になった。確かに俺はきずきと交換条件を交わしている。だけど、別に今じゃなくてもいいじゃないか。こんなにも今、幸せなんだ。父さんと母さんだって、喜んでくれているじゃないか。

「え、でも、俺これから働いていくんだし。せっかく仕事も決まったんだ。今、死ぬ必要なんてないだろ？」

まもるは早口に答えた。死ぬだなんて考えられなかった。

「まもるくんはどうしたいの？　生きたいの？　それとも、死にたいの？」

きずきの声は今まで聞いたことがないほど低く、そして鋭かった。

「俺は、死にたくない。生きたい。生きていたいんだ」

まもるの声は自分でも驚くほど必死だった。絶対に死にたくなかった。

どれくらいの時間が経《た》っただろう。静かで、とてつもなく長い時間が経ったように感じられた。険しかったきずきの表情がゆっくりと穏やかになり、そして言った。

「よかった。それでいいんだよ。まもるくんは生きていないと。死んだらダメ。生きているって素晴らしいことなんだよ。生きてこれからの人生を楽しまなくちゃ」

まもるは今にも泣き出しそうだった。

死にたくなかった。

これからもずっと生きていたかった。

もっといろんなことを経験して、幸せになりたかった。

きずきは口を開くことなく、まもるの両手にそっと手を添えた。

「まもるくん。これが僕の本当の役割なんだ。死にたいって願っている人に気づきを与えていく。生きていることの素晴らしさに気づいてもらうんだ。まもるくんは、それに気づくことができた。だから僕の役目はこれで終わり。だからお別れをしないとね」

「気づき……」

まもるが小さな声で呟《つぶや》いた瞬間、きずきの身体が少しずつ透明になり始めた。

シャボン玉みたいに向こうが透けて見える。

「待って、きずき。行かないで。もっと君と一緒にいて色んなこと話したいんだ」

きずきは微笑むように笑っていた。安心したような、最初から全てをわかっていたような、そんな表情をしていた。

「大丈夫。まもるくんならこれからも幸せになっていける。親孝行もできたじゃない。もう僕のことは必要ない。これからもお父さんと、お母さんと三人でたくさん素敵な思い出を作っていってね。今まで短い間だったけどお世話になりました。これからもまもるくんらしく頑張ってね」

そう言い残して、きずきの姿はゆっくりと見えなくなり、そして完全にいなくなってしまった。

「きずき、きずき」

あまりにも突然のことで、名前を叫ぶことしかできない。まもるの目は、みるみる涙でいっぱいになった。今、目の前で起こっていることを信じることができない。

「おい、まもる。ひとりでなにを騒いでいるんだ。帰るぞ」

父は不思議そうな顔をして、まもるのほうを振り返った。

「きずきがいなくなったんだ。父さんにもわかるだろ？　いつものきずきだよ」

「きずきってなんだよ。まだ興奮しているのか？」

父にはきずきの存在が通じなかった。本当にみんなの記憶から消えてしまっていた。

まもるは洋服の袖で涙を拭《ぬぐ》いながら、空を見上げた。きずきがどこかで、見守ってくれている、そんな気がした。

「きずき。俺と出会ってくれてありがとう。死にたい、だなんてもう思わないよ。だって俺は生きていたいんだ。人生を楽しみたいんだ。これからも自分の人生を歩んでいくよ。大切なことを気づかせてくれて、ありがとう」

ミラーマジック

桜詩

〝ミラーマジック〟

それは、私に勇気をくれる笑顔の習慣。

今日も学校の規定をきちんと守った低いポニーテールに、人前に立っても恥ずかしくない程度に整えた前髪。

イマドキ女子とは程遠い自分が映った鏡にゆっくりと手を伸ばす。

「今日も頑張れ、私」

鏡に映った自分と音も温かみもない触れあいをして、笑顔を作った。

＊＊＊

洗面所にかけられた時計を見ると、七時十分。

家を出るまで残り三十五分しかない。

「おはよう……。今日お弁当は？」

いつもこれくらいの時間に起きて、私より先に家を出るお母さん。

お弁当は？なんて聞かれるけど、お弁当なんて人生で一度も作ったことはない。

「作ってないよ」

なにを期待しているのか、毎日聞いてくる。

もうそろそろ、鬱陶《うっとう》しい。

「じゃあ陽菜《ひな》も今日はコンビニで済ませてね」

まだ眠そうなお母さんの言葉に、んー、なんて適当に相槌《あいづち》を打つ。

しっかり返事をしている暇はない。

ひとつに結ばれた髪をおろし、小さいビニールゴムで最近お気に入りの編み込みツインテールをする。

きれいに巻きたかったけど、メイクの時間がなくなるから今日は諦めた。

お母さんも使うからと、「終わったよ」と声をかけて自分の部屋に戻った。

ミニテーブルの上に顔が収まるくらい大きい鏡を置いて日焼け止め兼下地を塗る。

薄くて丸い容器に入っているカラフルなパウダーは、まるで隙間なく敷き詰められた琥珀糖《こはくとう》のよう。

その上に付属のパフをクルクルと時計回りに滑らせて、肌にのせていく。

定番のブラウン三色展開のアイブロウパウダーを混ぜて眉を描き、ラメの少ないマットなピンクのアイシャドウで目を作る。

チークで血色を足して、コーラルピンクのリップで仕上げる。

……うん、完璧。

「いってきまーす」

誰もいない家に声をかけ、鍵を閉める。

今日はいい天気だ。

青い空に綿菓子のような白い雲がふわふわと浮かぶ、気分を上げてくれる夏の空。

少し雲の流れを眺《なが》めたあと、ずっしり重いスクールバッグをカゴに乗せて自転車に跨《またが》った。


自転車、電車、歩き。

いつもどおりの通学手順でいつもと同じ時間に教室へ入る。

白は視界が明るくて好きだ。

トップスのセーラーは白ベースに青襟に赤いリボン。袖の終わりにも同じ青が施《ほどこ》されている。ボトムスは膝上一センチほどの青いスカートが特徴的。

この学校の制服は、夏服のほうが圧倒的に爽やかで可愛いのが一目見てすぐにわかる。

「朝倉《あさくら》、おはよう」

ドキッとなによりも先に心臓が反応する。

「おはよう、裕太《ゆうた》くん」

今日最初の笑顔で挨拶《あいさつ》をする。

「髪型、似合ってる」

「ほんと？　嬉《うれ》しい」

これだけで、私の朝の努力は一瞬で花を咲かせる。

今日も学校に来てよかったと本気で思った。

「陽菜、裕太！　おはよう」

「うわっ」

思わず身体が前のめりになるほどの勢いで後ろからハグしてくるのは静香《しずか》くらいだ。

「おはよう、静香。今日もパワフルだね」

パワフル。

この四文字は静香のためにあるんじゃないかって思うほど、彼女にピッタリだ。

それなのに、今日はどこか複雑そうに苦笑いをされる。

でもそんなことは、いつもの二人のやりとりで頭の隅まで追いやられてしまった。

「静香おはよ」

「おはよう」

今日もだ。

彼はいつも、静香のことは名前で呼ぶのに私のことは苗字呼び。

彼のことが好きな私は嫌でもモヤモヤしてしまう。

俺は静香のことが好き、という遠回しなアピールなのか、ただ単に時間の流れでその呼び方にたどり着いたのかどっちなんだろう。

出会いはみんな、同じ日だけど。

「ねぇ、裕太くん」

「ん？　どうした？」

思わず声をかけてしまうけど、ふわっとした優しい笑顔でこっちを向かれると、「なんで静香は下の名前で呼ぶの？」なんて、こんな面倒臭いことを聞くことはできなくなる。

「……今日の星座占い観た？」

結局聞きたいことは何も聞けないまま、今日もいつもどおりの一日が始まるのだ。

……なに、御成敗式目《ごせいばいしきもく》って。

『昨日の復習テスト』

まれにやらされる日本史の授業の小テストの時間、私はひたすら頭を抱《かか》えることしかできなかった。

昨日の日本史。

……いや、なかったでしょ。日本史。博《ひろ》ちゃんに会った覚えないもん。

そうは思うけど、スラスラとペンを動かす音が聞こえるし、面白い授業をしてくれる博ちゃんに真っ赤なテストは見せられない。

「はい、終わり。回収ー」

山中《やまなか》博樹《ひろき》先生。通称博ちゃん。

恨まれることなんて知らなさそうな、陽気な博ちゃんの声によって、ほとんど真っ白な小テストは前の席へと送られた。

「じゃあ教科書は隅に置いてー。プリント配りまーす」

日本史の授業で教科書を開いたことはない。いつも博ちゃんお手製のわかりやすい穴埋めプリントが配られるから。

「……で、どっひゃー！ってなったんですねー」

驚く仕草に、教室中が笑顔であふれる。

過ぎる時間が早い教科ナンバーワンで表彰したいほど、今日も日本史の授業は先生が面白かった。

「ありがとうございました」

声を揃《そろ》えて博ちゃんに伝えたあと、崩れるように机につっ伏す。

「朝倉ー……寝てる？」

もちろん完全なる睡眠体制では無いから、好きな人に話しかけられたら喜んで身体を起こす。

すぐそこまでやってきていた眠気も、裕太くんの手にかかれば簡単に飛んでいく。

手櫛《てぐし》で軽く前髪を自己満足程度に整えながら彼に笑顔を向けた。

「どうしたの？」

私の顔を見た彼は、水族館のチケットを私の前に出して口を開いた。

「これ貰《もら》ったんだけどさ、静香も誘って行かない？　明後日なんだけど……」

彼は三枚並べたチケットの一枚を私のほうへ差し出しながら言った。

「もちろん！　静香には話したの？」

ただのキューピッド役として選ばれただけかもしれないというのに、私は簡単に了承する。

好きな人と出かけられるチャンスを逃すことなんてするわけがない。

たとえそれがふたりきりじゃなかったとしても。

「いや、今から行くところ」

彼の言葉に、私を最初に誘ってくれたんだという事実に少し心躍る。

静香のほうを見る目がなによりも優しくて、愛《いと》おしい気持ちが隠しきれていないとしても。

……うん、嬉しいよ。裕太くんが静香のことを好きでも、誘ってくれたんだから。

嬉しそうな彼の笑顔が見れたから。


長いと思っていた一日も、あっという間に下校時間になっていた。

まだまだ教室に残る人のほうが多い中、私はひとりでお手洗いへと向かう。

部活が始まる直前になると鏡の前はおしくらまんじゅう状態になってしまうから、今のうちに終わらせておかないと。

帰る前に髪を整えるのは、これから家に帰るためのモチベーションを上げるため。

行きはよいよい、帰りは悪い。

行きは好きな人に会える楽しみがあるけど、帰りはただただダルいという言葉がよく似合う。

女子トイレに入るや否や、鏡の中の自分と顔を合わせる。ひと目でわかるほど疲れた顔をしていた。

スカートのポケットから櫛を取り出して、真ん中、右、左と気づいたら癖づいていた手順で髪をとかしていく。

「やばいやばい、混んじゃう！」

そう言いながらバスケ部の赤いユニフォームを着た六人組がなだれ込んでくる。

部活が始まる前だからか、少し慌ただしい。

鏡越しに入ってきた人たちを見ると、後輩への悪口をこぼしながら、こちらに鋭い目線が飛んできていた。

……早くどけってことね。

これだから運動部の女子は怖い。

怒りを買うつもりはないから、見なかったことにして櫛をポケットに仕舞ったとき、誰かが背中にぶつかる感覚。

気づいたときには、手のひらにひんやりしたものが触れていた。

＊＊＊

「あ、ごめん。大丈夫？」

「はい。大丈夫です」

マニュアルをそのまま読んだような。そんな応えを口にする。

つい手をついてしまった鏡越しに見える後ろの人たちの視線が痛くて、顔を伏せながら逃げるようにお手洗いを出た。

「あ、朝倉！　今帰り？」

この人はいつも妙に馴《な》れ馴れしい。同じクラスの綿原《わたはら》くん。下の名前は、まだ覚えていない。

「はい、まぁ」

思わず少し後ずさり。

こういうグイグイ来るタイプの人がいるから、男の子は怖い。友達とだけ仲良くしていればいいのに。

「一緒に帰ろう。静香も下で待ってるから」

鈴谷《すずたに》さんも一緒なら、ふたりで帰ればいいのに。なんでただのクラスメイトを誘うんだろう。

どんな理由であれ、一緒に帰ることはないけど。

「ごめんなさい。用事あるので」

それだけ言い残して、教室へ向かう。

もう誰もいなくて、息がしやすかった。

傾いている太陽も、まだ日中とほとんど同じ。

ジリジリと照りつける太陽の下を歩かないといけない夏は、本当に嫌いだ。

セーラー服も真っ白で、汚せない緊張感が常に後ろをついてまわるし、汗で制服が張り付くのも気に食わない。

夏なんて、早く終わればいいのに。

そう思いながら階段を降りて、上履《うわば》きからローファーへと履き替える。

電車に乗るも、席は空いていなかった。

疲労が溜まって重い身体。浮腫《むく》んで痛いふくらはぎ。

今日なにをしたのかなんてもう覚えていないのに、身体はしっかり疲れを蓄積していた。

最寄り駅で電車を降りると、駅の駐輪場にポツンと残された自転車。

ペダルを漕《こ》ぐと涼しいような、暑いような。ぬるい風が頬《ほお》を撫でる。

家の鍵を自分で開ける。

「ただいまー」

手洗いうがいを済ませたら、お弁当箱を水に浸《つ》ける。

でも今日はどこを探してもお弁当箱は出てこなかった。

どうやら学校に忘れてきてしまったらしい。

喉を潤《うるお》すために、出しっぱなしの湯のみに水を受け、冷たい水を胃の中へ流し込む。

仕方ないから明日は購買のパンにして、お母さんのお弁当だけ作ろう。うん。それがいい。

湯のみを洗って布巾で拭く。

水滴がなくなった湯のみを仕舞うために食器用の引き出しを開けた。

「え、あるじゃん。お弁当箱」

私のもお母さんのも、きちんとそこに眠っていた。

今日、お弁当作らなかったっけ。

じゃあ私、お昼なに食べたんだろう。

そこだけ経験していないみたいに、なに一つ思い出すことができなかった。

明日の授業は、古典、体育、生物、日本史、英語に現代文。

嬉しい。明日は生物と現代文の授業がある。

教科書の入れ替えをするために、時間割りの入った透明なクリアファイルを床に伏せる。

いつもは真っ白なのに、一部がやけにカラフルなのが目に留まった。

「なにこれ。水族館？」

明後日の日付が記載された、たった一枚の入場券。

誰に貰ったの？　明後日、遠足ってあったっけ？

もう、だめ。思い出せない。全く。一ミリも。

やっぱり私は、なにかおかしいのかもしれない。

なんでそう思うのか。それは、こういう体験は今に始まったことではないから。誰にも、このことは話していない。もしかしたら若年性認知症《じゃくねんせいにんちしょう》かも、なんて言えるわけない。

きっと明日も、この悩みは私の頭をいっぱいにする。

こういう不安に押し潰されそうなとき、私は鏡を見て、無理にでも口角を上げて笑顔を作る。

不安な顔より、笑顔のがいい。

無理にでも笑っていれば、いつかきっと幸せが舞い込んでくる。

その言葉を信じて、私は鏡に向かって笑顔を作る。何度も、何度も。

私はこの行動を〝ミラーマジック〟と呼んでいる。

笑顔を作るきっかけだから、いつか絶対に魔法のような幸せが私には訪れるから。

きっと、この悩みもいつかは解決するから。

だから、〝ミラーマジック〟。

大丈夫。明日はきっと、大丈夫。

ピピピピ……ピピピピ……。

午前六時三十分。夏の朝はもう明るい。

カーテンの隙間から、煌々《こうこう》とした日差しが私の素肌を照らす。

今日は少し寝すぎてしまった。

いつもは洗面所で顔を洗ったらそのまま髪型を整えるけど、今日はキッチンに立った。

昨日はお弁当を作れなかったから、今日こそはと意気込んで、生姜《しょうが》焼きを仕込んでおいたのだ。

豚肉を醤油《しょうゆ》と生姜、その他諸々の調味料で漬けておいたチャック付きポリ袋を開ける。

ふわっと香る醤油の匂いに、空っぽの胃が喜ぶのを感じた。

トントントン、と玉ねぎをくし切りにする。

切った野菜を熱したフライパンに入れると、ジューっと火が通る音。そこに漬けダレ色に染まったお肉を加えると、部屋中にいい香りが広がった。

あとはサラダと、王道の卵焼き。

ご飯には腐り防止で真ん中に梅干しを乗せた、俗《ぞく》に言う日の丸弁当。

完成したお弁当に達成感を感じながらふと見上げた時計は、既《すで》に七時十五分を指していた。

……あれ、お母さん起きてきてなくない？

流石《さすが》にそろそろ起きないと、時間がまずい。

ペタペタと、今度は少し音を立てて廊下を歩く。

お母さんの部屋のドアを引くと、布団を蹴飛ばしながら気持ちよさそうに寝ていた。

「遅刻するよ」

「起きて」

大きな声で言うと、だんだん夢の世界から現実へと戻ってきたようで、モゴモゴと反論し始めた。

まだ粘るつもりらしい。それならこっちも。

「もう七時半過ぎてるよ」

少し盛った時間を伝えると、半目にもならないような眠そうな表情は一瞬で焦った顔に変わり、がばっと上半身を起こした。

「やばい！」

それだけ叫んでパジャマを脱ぐと、いつにない速さでオフィスカジュアルの服に着替える。

「お弁当は？」

「できてるよ。包んでおくから」

ランチクロスでお母さんのお弁当を包み、小さい保冷バッグにお箸と保冷剤と一緒に入れる。

「ありがとう！　行ってきます！」

ミルクティーカラーのカバンとお弁当バッグを手に、バタバタと玄関まで走っていった。

どうやら時計は一度も見ていないらしい。

多分、車に乗って初めて娘に時間を盛られたことに気づくんだろうな。

「行ってらっしゃい。気をつけてね」

これで、私の仕事は終わった。

「やばい、時間！」

今さっき家を出たお母さんよりも、先に起きた私のほうが遅刻しそうだった。

遅刻ギリギリで着いた学校はもう嫌というほどに賑やか。

「ねぇ、これ見て。超インスタ映えじゃない？」

目の前で話しているクラスメイトたちの会話が耳に入る。

インスタ映え。ツイッターのトレンド一位。ティックトックでバズる。

誰が作った造語か知らないけど、私にはついていけないものばかりだ。

スマホを片手に楽しそうに立ち話をしている後ろで最近買ったばかりの小説を開く。

ワクワクしながら文字を目で追っていくと、インクで並べられた活字に心が癒される。

「おはよう」

前で話しているグループに男子が混ざった。

声が大きいイマドキ女子たちの会話は、集中して本を読みたい私にとって、アンテナを自分で合わせないといけないラジオの雑音と同じくらい鬱陶しい。

「ねぇ、おはよう」

無視されていて、なんだか可哀想だ。

「朝倉ー。おはようって」

「……えっ、私？」

昨日といい今日といい、なんなんだ。

「そうだよ。どうしたんだよ。本なんて読んじゃって」

私が黙っていると、綿原くんは面白そうに、イマドキ女子から文学女子になるのか？と言いながら笑っていた。

「あはは……」

イマドキ女子とは程遠い私を、この人はずっとそういう人だという目で見ていたらしい。

私の思うイマドキ女子は、髪を可愛くアレンジしていて、メイクをして顔を作って、それこそインスタ映えだったりを意識していて、尚且つ男子とも仲が良くて恋をしていたりする人であって、完全に私とは正反対。

「どうしたんだよ、本当に。体調でも悪いのか？」

「いや、別に……」

心配されるほどの仲じゃないのに、なんでこんなにグイグイ来るんだろう。

「てかさ」

彼がなにかを言おうと口を開いたとき、タイミングよくチャイムが鳴り響いた。

この音にこんなに救われたと思う日が来るなんて、思ってもみなかった。

昼を過ぎると、空が暗くなって、まるでバケツをひっくり返したような大雨になった。

「陽菜、ちょっと来て」

十分休憩のとき、鈴谷さんが慣れたように私の名前を呼んで、ゆっくり手招きした。

「どうしたの？」

鈴谷さんは特に表情を変えることもなく、廊下の窓の前に立った。

「この前言ってたインスタ映えで有名な、駅前のカフェに行く約束なんだけどさ」

そんな約束、した覚えがない。

『インスタ映えする食べ物＝色素たっぷり』

いかにも身体に悪そうなイメージがあるのに、わざわざただのクラスメイトである鈴谷さんと行くわけがない。

「ごめんなさい。こんなことを言うのは失礼かもしれないんですけど、私とは約束してないと思います」

あなた失礼ですよ、みたいな言い方にならないように喋《しゃべ》っているけど、私の言葉を聞いたはずの彼女は表情を一切変えなかった。

まるでそう言われるとわかっていたかのように、動揺することなく私の言葉を聞いていた。

「知ってる。陽菜とは約束したけど、朝倉さんとは約束してないもん」

なに？　どういうこと？

彼女の言葉は全然理解できない。

鈴谷さんも、まあまあ凄いことを口走る人みたいだ。

「……ミラーマジックって、知ってる？」

キーンコーンカーンコーン……。

六限目が始まるチャイムが鳴った。

それでも私たちは時間が止まったかのようにその場に向き合って立ちつくしていた。

「早く教室入りなよー」

日本史の山中先生が私たちを見て呑気《のんき》に授業へ出席するように促《うなが》した。

後ろのドアからそっと教室に入ると、まだ先生は来ていなかった。ギリギリ間に合ったみたいで、心の中は怒られないことへの安堵《あんど》でいっぱいになる。

授業開始から五分ほど経《た》つと、大量のプリントを持った先生が、何度もごめんと口にしながら教室へ入ってきた。

「今日から宮沢賢治《みやざわけんじ》の『永訣《えいけつ》の朝』に入ります。教科書百四十五ページを開いてください」

挨拶はなしで始まる授業。

教科書を開いたついでに、横向きにしたノートも新しいページを開いた。

「今から五枚、プリントを配ります」

前の席の人から無言で手渡されたプリントを一枚手元に残し、後ろに回す。

届いたプリントの左上には、『やまなし』と、長く連なる文字たちより大きい字で書かれていた。

今回は宮沢賢治。昔の作家さんの中で一番好きな人。

他にも目次には夏目漱石《なつめそうせき》の『坊《ぼっ》ちゃん』、森鴎外《もりおうがい》の『舞姫《まいひめ》』とそれぞれの代表作が並んでいる。

いつ授業で深く学べるのか、そう思うだけで現代文がある日はいつも足取りが軽い。

「配ったプリントは宮沢賢治の代表作です。気になる作品をひとつ選んで、読んだ感想をノートに書いて提出してください」

私は小学校の教科書に載っていた『やまなし』が好きだからと、それを選ぶことにした。

カニの兄弟の会話にほっこりしながら読み進めていく。

全部読み終わって感想も書き終えてしまうと、ただ暇な時間がやってくる。

カニの兄弟が頭から出ていくと、今度は一度追いやられた鈴谷さんが入れ替わりでやってきた。

なんで彼女は、ミラーマジックを知っているんだろう。

私が鏡に微笑《ほほえ》みかけるのは、家だけ。

学校で鏡に映る自分に笑いかけるのは周りからの目線が気になるから。

それなのに、なんで……。

考えれば考えるほど、わけがわからなくて頭がパンクしてしまいそうになる。

ここはもう、意を決して聞いてみるしかなさそうだ。どうせこのまま帰っても、モヤモヤするだけだし。

チャイムが鳴った。

先生は回収されたノートを持って、そのまま教室を後にした。

「鈴っ」

声をかけようと席を離れようとするも、前の席の人からの視線が痛い。

そうだ、今から掃除の時間。

椅子の乗った机を後ろに下げて、自分の持ち場へと移動するしかなかった。


帰りのホームルームが終わる頃には、雨はすっかり上がっていた。

「あの、鈴谷さん」

初めて自分から彼女に声をかけた。

「陽菜、このあと時間ある？」

驚く様子もなく、落ち着いた声が耳に届いた。

「うん」

「じゃあ、人気の少ないところに行こう」

そう、スクールバッグを肩にかけると、優しく微笑んだ。

「いきなりで悪いけど、陽菜の家に行ってもいい？」

昇降口を出たところで申し訳なさそうに言う。

本当にいきなりだな、と思ったけど、嫌ではなかった。

「うん。いいよ」

鈴谷さんは、私の帰り道を知っているかのように電車に乗り、引いている自転車の横を歩いた。踏み込んだ話をするわけでも、ミラーマジックのことに触れるわけでもなく、ただ静かに隣を歩いていた。

「おじゃまします」

スッと脱いだローファーを揃《そろ》えている姿に、彼女の育ちの良さが出ていた。

「ここが私の部屋です。今なにか飲み物持ってきますね」

「いいよ、気にしないで。水筒、持ってるから」

いかにもお洒落《しゃれ》な女の子、という感じの、半透明のピンク色の水筒。

それだけで彼女の隣に並ぶのは無理だと再認識させられる。

「単刀直入に聞くんだけど」

ミニテーブルを挟《はさ》んで座ると、言葉の威圧感とは裏腹に、俯《うつむ》き気味で言った。

「なに……？」

なにを言われるのか、ミラーマジックのことだとわかっていても落ち着ける雰囲気《ふんいき》ではなかった。

「陽菜、毎日どこかで鏡に触ってない？　顔が全部映る鏡に」

「なんで知ってるの？　私の笑顔の習慣……」

まるでなにかの犯人になって、警察に悪事がバレてしまったような気分。息が苦しくなりそうなほどドキドキして、後ろめたさでいっぱいになる。

「知ってるよ。私も中学生のとき、経験してるから」

経験しているというのは、おかしい。

まるで鏡に触れることでなにかが起きているかのような言い方だ。

私が戸惑っていると、彼女は私が口を挟む隙も与えずに言葉を続けた。

「陽菜は知らない？　ミラーマジックの言い伝え」

なに、それ。……言い伝え？

そんなの知らない。知るわけない。

「鏡に触れるとね、鏡の世界と私たちが生きているこの世界が通じあって、入れ替わっちゃうんだって」

……はい？

口には出さなかったけど、心の中では本気でそう思った。

鏡に触れたら向こうの世界と入れ替わるなんて、マンガの世界じゃないんだからあるわけない。

なにをどう言うべきか。なにから聞けばいいのか。

頭の整理はできないまま、鈴谷さんの言葉が耳に入っては抜けていく。

でももしそうだとしたら、今までの物忘れもクラスメイトから親しげに話しかけられるのも、辻褄《つじつま》が合うような気がした。

「やってみたら、わかる。洗面所に行こう」

そう提案した彼女も緊張しているらしく、少しカタコトになりながら、スマホを片手に私の手を引いた。

じんわりと汗ばんだ手は、夏のせいか緊張なのかもうわからない。

クーラーをつけるのも忘れたまま、私たちは鏡の前に立った。

ピコン、とカメラが起動した音が聞こえる。

その意味を理解した私は、高鳴る鼓動を鎮《しず》めるように静かに息を吐いた。

「いくよ……」

ゆっくり鏡に手を伸ばす。

緊張を隠せていない顔が、そこにしっかりと映っていた。

ひんやりと、暑さに負けない温度が手のひらに伝わってくる。

私は理由もなく、ただゆっくり瞼《まぶた》を落とした。

＊＊＊

目を開けると、目の前は見慣れた場所と寝起きの自分が映っていた。

「陽菜、このあとどうする？」

声のほうを向くと、そこにはスマホを持った静香が立っていた。

「え、なんで静香がいるの？　家逆方向だよね？」

「学校終わったよ。今からどこ行く？　前言ってたインスタ映えで有名なカフェとか行く？」

驚く私をよそに、彼女はもっとありえないことを口にした。

私、こんな寝起き状態で学校に行ったの？

絶対裕太くんに嫌われた……。最悪。

「行かない。行けないよ、こんな髪もボサボサで、ましてやノーメイクであんなお洒落なカフェとか……。絶対浮くもん」

落ち着きたい一心で、ポケットからスマホを取り出して、過去にインスタに載せたお洒落な食べ物たちを見る。

あ、いいね増えてる。やった。

ＳＮＳが生きがいの私にとって、バズればバズるほど幸せな気持ちになる。

「そういえば今日、現代文で宮沢賢治の作品読んだじゃん。陽菜はどれにしたの？」

「え？　宮沢って誰だっけ」

私が知っているのは、日本史で習ったばかりの北条泰時《ほうじょうやすとき》であって、全く興味のない現代文のことなんて三歩歩けばきれいさっぱり忘れてしまう。

「ねぇ、鏡触って」

楽しそうに笑ったあと、一息吐いて言った。

なんで？とは聞かなかった。

どうせ少しからかっているだけ。

鏡の自分と手を合わせている私を見て、優しく笑うだけ。

「しょうがないなぁ」

鏡に映るダサい自分と目を合わせた。

その場にどことなく緊張感が走る。

手を伸ばすと、鏡の向こうの自分とどんどん近づいて、ピッタリと合わさった。

思わずぎゅっと目を瞑《つむ》る。

ドクン、ドクンと、自分の心臓の音だけが耳の奥のほうで鳴っていた。

＊＊＊

ゆっくり目を瞑って、次に開いたとき、自分がそこにいる感覚は途切れていなかった。

ピコン、と撮影を終える音が小さく聞こえる。

終わったらしい。

手を握っても、頬を触ってみても、何の変化も感じられなかった。

「今撮ったの、見せて」

何もかも飲み込む覚悟は、意外とすぐにできた。

「うん。陽菜の部屋、戻ろっか」

彼女の言葉に静かに頷いて、ふたりで小さいスマホの画面に目線を移す。鏡に手をついたあとの私は、インスタ映えを意識していて、宮沢賢治を知らなかった。

髪型もメイクもしっかりしているのがあたりまえのイマドキ女子がそこにいた。

確実に入れ替わっている状況に、背筋が凍って、それと同時に不安が私を襲う。

じゃあ、今ここにいる私はどっちの私？

もし鏡の向こうの人間だったら、私はどうなるんだろう。

考えるだけで手が震えた。

「陽菜、大丈夫だよ。今、私の隣に座っている陽菜がこの世界を生きる陽菜だから」

まるで怖い夢を見た子供をあやすように、私の肩を抱き寄せてさすってくれる。

「なんで、わかるの？　同情とかなら、いらない」

ありがとう。

そう言いたいのに、口から出るのはトゲトゲした本音《ほんね》ばかり。

「わかるよ。だって私、中学の頃から陽菜のことを見てきた。あのときからずっと、陽菜と仲良くなりたいって思ってたの」

彼女の声は涙が混ざっていて、聞いている私も泣いてしまいそうだ。

「本のことを話したりしたかったんだけど、勇気が出なくて。でも去年同じクラスになれた陽菜は、陽菜の日とそうじゃない日があって、すぐにミラーマジックだってわかった」

それでも、そばにいてくれたんだ。

どっちの私でも関係なく、きっと入れ替わっているときも今みたいに、彼女らしく接してくれていたんだろうな。

「……ありがとう。静香、ありがとう」

彼女もきっと怖かった。

なに言ってるの？　正気？　って否定されかねない話で、もしかしたら私もそう口にしていたかもしれない。

それでも彼女は私のために、話してくれた。

その気持ちが、この上ないほど嬉しかった。


「おはよう、陽菜」

「静香。おはよう」

静香はいつも、隣に来て囁《ささや》くように声をかけてくれる。

「ねぇ、あの本読み終わった？」

「あとちょっと。でも今日中には読み終わると思う」

あれから一年。

私たちは受験生と呼ばれる学年になった。

もうずっと、ミラーマジックはしていない。

この前なんとなく鏡に手を触れてみたけど、ただ鏡の向こうの私と手を合わせただけだった。

そこに私は嘘偽りのない笑顔で映っていた。

〝ミラーマジック〟。

それはこうでなくちゃいけないという固定概念や、無意識に憧れを抱いている理想の形に作り上げられた自分と入れ替わってしまう現象。

でも、そうじゃない。

別に恋なんてしていなくてもいいし、恋をする相手が異性でないといけないわけじゃない。

別にSNSを常に意識して生きていないといけない世の中じゃない。

自分を殺してでも薄い前髪でメイクをしないと息苦しい世の中じゃない。

自分のしたいことをして、したい格好をして、自分が幸せだと思う生き方で。

この先も自分のペースで歩んでいけばいい。

ミラーマジックは、私に自分らしい生き方を教えてくれた。

「なにしてるの？　行くよー」

トートバッグを持って、教室の扉の前で手を振っている。

「うん、今行く！」

最近の私は髪をひとつに結って、軽くメイクをしている。

彼女の目に、少しでも可愛く映りたいから。

「はーやーくー」

楽しそうに笑う彼女を見て、胸がときめいた。

「ごめんごめん」

SNSアプリを削除したスマホの電源を落として、静香とお揃いのトートバッグに入れた。

今日も明日も、私は鏡を見る。

でもそれは無理やり笑顔になるためじゃない。

静香という好きな人の隣を、自信たっぷりの笑顔で歩くため。

彼女に向かって手を伸ばせば、今日も楽しい一日が始まる。

走馬灯ルーム。

雪月海桜

目を覚ますと、そこはただひたすらに真っ白な、なにもない空間だった。

「ここ、は……？」

突っ伏していた床も白く輝き、寝起きの目に直《じか》にダメージを与えてくる。あまりの眩《まぶ》しさに俺は顔をしかめながら身体を起こした。あらためて周囲を見渡してみるけれど、家具や窓すらないこんな空間には、やはり見覚えがない。

ここはどこだ。今は何時だ。いつから寝ていたんだ。そもそもどうして、俺はこんな所にいるんだ。様々な疑問は浮かぶのに、寝起きのぼんやりとした頭ではなにひとつ思い当たることがなかった。

「いらっしゃいませ、久遠青司《くおんせいじ》様。あなたは先程、無事お亡くなりになりました」

「……、……は？」

元より考えることが苦手な頭を必死に抱《かか》えていると、不意に左上の方から声が降ってくる。反射的に視線をそちらに向けると、いつの間にか隣に佇《たたず》んでいたのは、闇のような黒衣を纏《まと》った見知らぬ男。

この白い部屋において明らかに異質な存在なのに、声をかけられるその瞬間まで、彼がそこにいることに気づけなかった。

気配《けはい》もなにもなく突然現れたその胡散臭い男の言葉は、なんとも質《たち》の悪い冗談だ。けれど思わず殴りかかろうとした先、そのふざけたにやけ面の男にこの自慢の拳が届くことはなかった。

「うわ!?」

俺は身体ごと黒衣の向こうへとすり抜けて、そのまま地面に勢い良く転がる。男は確かにそこに存在しているのに、ほんのわずかに熱は感じたのに、一切触れることができなかった。その奇妙な感覚に、思わず呆然《ぼうぜん》とするしかできない。

「まじかよ……」

「ご理解が早くて助かります。そこで、早速『走馬灯《そうまとう》』のご準備をさせていただきたいのですが……」

「いやいや、待て、ご理解してない。は？　死んだ？　俺が？　……というか、俺はなんで死んだんだ？　チームの抗争か？　いやでも、確か俺は、バイクで……」

「準備が整いました。それではお楽しみください」

「いや、話聞けよ！」

マイペース極まりない男の言葉に呼応《こおう》するように、眩しいくらいだった白い部屋は途端に暗くなり、世界が闇に覆《おお》われてしまったかのような錯覚を起こす。そして黒衣の男はいつの間にか、闇に紛《まぎ》れて消えてしまっていた。

「……ったく、なんなんだよ、一体……」

答えの代わりにぼんやりと浮かび上がったのは、壁一面に映し出されるなにかの映像。よく見れば壁どころか、床や天井にいたるまで、部屋全体がスクリーンになっているようだった。

全方位から様々な異なる映像や音が流れるのに、その全てが知覚できる不思議な感覚。これが先程男の言っていた『走馬灯』なのだと、すぐにわかった。

「……俺の人生なんて、見たって面白くもなんともないだろ」

どうせ、下らない人生だった。今さらわざわざ映像として、客観的に振り返ることもない。

記憶も定かではない幼い頃から父親はおらず、俺を育てた母親は、元々病弱だったのか無理が祟《たた》って早死にした。母親が死んでも父親は帰ってこなかったし、頼れるような親族も、助けてくれる知り合いもいなかった。

お陰で俺の人生は、死ぬまでずっと散々だったんだ。それもこれも、みんな俺を置いていったあいつらのせいだ。

「……」

俺にとって唯一頼れる肉親だった母親は、治療を受けることもなくじわじわと弱り果てた末、最期になにかを呟《つぶや》いて、ひとり満足そうに死んでいった。

小さい頃過ぎて記憶が曖昧《あいまい》なのか、上手く聞き取れなかったのか、その内容はよく覚えていない。けれどどうせ「お前なんて生まなきゃ良かった」だとか「やっとお前から離れられる」だとか、ろくでもない恨み言に違いない。でなければ、見るからに辛く貧しい生活の中で、あんなにも晴れ晴れとした死に顔もないだろう。

「ちっ……おい、走馬灯。ガキの頃のことは飛ばせ。胸くそ悪ぃこと思い出しちまった……」

そうして幼くしてひとりぼっちで残された俺は、一般的には哀れみの対象だったらしい。他人に腫《は》れ物みたいに扱われて、見下すような視線で変に気を遣われる度《たび》、なんとも言えない感情に気分が悪くなった。

だからわずかに残った孤独感や寂しさなんて弱いものをひた隠して、ナメられずひとりで生きるため、精一杯の虚勢で拳を握って、日々喧嘩《けんか》に明け暮れた。

そうするうちに、気づけば地元では『久遠青司』の名を知らない者はいないほどの、札付きの不良となっていた。

「……こんな俺が死んだって、悲しむやつなんかいねぇんだろうな。むしろ清々《せいせい》しただろうさ」

走馬灯とやらは先程から、まるでなにかの映画の冒頭のように、無意味な町の雑踏やら、緑に覆われた大自然やら、果てしなく続く宇宙空間やら、近くて遠いどこかの光景を映している。

こんなにも広い世界で俺ひとり死んだところで、所詮なにも変わらない。あらためてそう突き付けられているようで、俺は何度目かの舌打ちをした。

そんな暴れ回るだけだった人生の大半を、映像で振り返る気なんてやはり起きず、二度寝でもしてやろうかと目を伏せる。

走馬灯から流れるこの環境音に似た音は心地よく、いっそ睡眠に適しているのではと目を閉じ微睡《まどろ》んでいると、不意に空気が変わった。

今まで俺を取り巻くように響いていた意味を成さない無数のざわめきは消え、一瞬の静寂を経て、やけに明るいひとりの女の声が鮮明に聞こえてきた。

『ねえお母さん！　この髪型、変じゃない!?』

驚いて思わず目を開けると、そこに飛び込んできたのは、鏡の前で身支度をする長い髪の女。地元じゃ見かけない制服を着た、見知らぬ少女の姿だった。

「……は？　誰だこいつ……」

わけがわからず、呆然とその光景を眺《なが》める。あらゆる角度から映し出される走馬灯に、まるで本当にその場にいるかのような錯覚を起こした。

そしてそのまま目の前で繰り広げられるのは、俺とあまり変わらない年頃の、名前も知らない少女の生活だった。

「どう考えても俺の走馬灯じゃねぇ……あいつ、もしかしてミスって他人のを流してんのか……？　いや、そんなことあるか？　普通……」

他人の、しかも異性の人生を覗《のぞ》き見しているような状況だ。いくら喧嘩上等の不良といえど、なんとなくばつが悪い。けれど停止して貰《もら》おうにも、やはり暗闇に消えたあの男は近くにいないようだった。

「はぁ……」

向こうがミスに気づくまで待つしかないかと、ため息混じりに視線を戻せば、走馬灯は短時間で全てを認識できるような、現実とは異なる速度と情報量で進んだ。

そうこうしている間にも、彼女は部活に恋にと悩む、ごく普通の学生生活を送り始める。普通の友達、普通の家族、普通の食卓、世の中にあふれた普通の光景。

『ねえ、放課後カラオケとか行く？　ゲームセンターも寄りたいんだ、ほしいぬいぐるみがあって……あ、いいねぇ、クレープも食べたい！』

目の前の少女は、無邪気な様子で俺がどう足掻《あが》いても手に入れられなかった『普通』を謳歌《おうか》していた。

「……ちっ」

嫉妬《しっと》にも羨望《せんぼう》にも似た、あるいは諦めにも似た気持ちで、その光景を追体験する。それはまるで、実際に今彼女の隣にいるかのような感覚だった。

『えっ、お父さん出張なの？　そっか……早く帰ってくるといいなぁ。ほら、クリスマスプレゼントのおねだりもしたいし！』

早く終わればいい。なんだこの茶番は。俺への当て付けか。最初は確かにそう思っていたはずなのに、この不思議な空間で、いつしか俺は一観客として、少女の人生を真剣に見守っていた。

「……あっ、おい、馬鹿。迷子になんて構ってたら遅刻する……！」

思わず口をついた言葉も、当然のように映像の向こう側には伝わらない。あくまで一方通行なのだ。

そしてその日の彼女は無事迷子を親元まで送り届けたあと、案の定学校に遅刻して担任教師から注意を受け、肩を竦《すく》めて笑っていた。

『ぎりぎり間にあうと思ったんだけどなぁ……失敗しちゃった』

それからも、出先でたまたま見かけた産気づいた妊婦に付き添い病院まで一緒に行ったり、杖をついた年寄りが横断歩道を渡るのを根気よく手伝ったり、泣いている小学生と一緒になって遅くまで公園で探し物をしたり。

その少女は一生懸命で、真面目で、けれど不器用で、お人好しな、きっと俺の人生とは交わることのない人種。『普通』の世界ではありふれているのであろう、優しい人だった。

「……また他人に余計な世話焼いて、自分が損してんじゃねぇか。……ったく、しょうがねぇやつ」

そんな彼女の人生を見守るうち、第一志望の受験に合格した日にはその努力を褒め称えたくなったし、思わずガッツポーズをして共に喜んだ。

好きなやつに告白して駄目だった時には、自分のことのように酷く胸が痛んだ。つい先程まで見たこともない他人だったのに、こんないい子を振るなんて馬鹿な男だと憤《いきどお》りすら感じた。

「……いや、馬鹿は俺か。……なに真剣になってんだ、俺……」

これ以上入れ込みすぎるのは、良くない気がした。目を閉じて、さっさとこんな映像が終わるのを待てばいい。そう思うのに、気づくとまた見入ってしまう。

あと少し、もうちょっとだけ。どうせ向こうには、なんの影響もないのだ。勝手に見守るのも悪くないだろう。

『えへへ、やった……嬉しい！』

「……よかったな」

彼女の笑顔を眺めているうち、今まで感じたことのない温かな気持ちが胸の内に広がっていった。

しかしある日、彼女は突然通学路で倒れた。なんの前触れもない、いつもどおりの一日のはずだった。

目の前の光景に呆然としている間に、途端に周囲の悲鳴とサイレンの音がけたたましく響き、頭が割れそうに痛む。

「う……わっ⁉」

まるで部屋ごと回転しているような、視界が揺らぐ感覚。そして急な静寂と、長い長い暗転。痛いくらいの無に、本当に世界が終わってしまったかのように思えた。

「……っ、なんなんだ、一体。……おい、あいつは……⁉」

永遠にも思える暗闇を抜け、しばらくして世界に光が戻る。すると、すでに場面は切り替わっていた。

淡々とした医師の告知、彼女に似た人の良さそうな両親の涙と、声にならない悲痛な叫び。消毒の匂いのする白く狭い部屋、枕元に飾られた不揃いの折り鶴、点滴につながれた少女。

「は……」

一気に流れ込むそんな断片的な情報に、ぐらりと目眩《めまい》に似た感覚がした。ベッドに横たわったままの少女の虚《うつ》ろな姿が、どこかかつての母親と重なる。

彼女はどうなってしまうのか、つい前のめりになった所で、ふっ、と、その物語は終わりを迎えた。

「……え……？」

「ああ、久遠様、大変申し訳ありません。どうやら手違いがあったようで……正しい物をご用意しますので、もうしばらくお待ちください」

「は!? いや、待てよ、こいつはどうなるんだ！」

またしてもいつの間にか傍《かたわ》らに立っていた黒衣の男が、恭《うやうや》しく頭を下げる。こいつが彼女の走馬灯を消したのだ。俺は思わず男に詰め寄った。

ひとり残されてから、誰にも心を開くことなく、誰にも頼らずに生きてきた。そんな俺が他人に情を抱くなんて、本来有り得ないはずだった。

けれど少女の半生を追体験した今となっては、彼女がもはや他人とは思えなかったのだ。

「おや、そんなに彼女が気になりますか？」

「それは……」

「……ふむ。彼女の人生の続きをお見せすることは可能ですが……その代わり、時間の都合上あなたの走馬灯は省略されます。それでもよろしいですか？」

「ああ、俺のなんて、今さら見なくても構わねぇよ」

「……畏《かしこ》まりました、それでは彼女の人生を、引き続き流させていただきますね」

即答する俺に対して、更ににやついた顔をする男に苛立《いらだ》ちを覚えたが、すぐに再開された映像に意識が向く。

次に目の前に現れたのは、既《すで》に退院して大人になった彼女だった。

毎日鏡の前で丁寧に整えていた長い髪は短く切られ、すっきりとしている。そして、覚えたての拙《つたな》い化粧を乗せた、少し痩《や》せて大人びたその顔付き。どれも見慣れないはずなのに、どこか見覚えがあった。

「もしかして……母さん……？」

ああ、成る程。どおりでやけに親近感を覚えるわけだ。彼女は、幼い頃亡くなった母親その人だったのだ。

走馬灯の中で度々名前を呼ばれていても、旧姓だったから気づけなかった。顔だって、最初から多少面影はあったのかもしれない。けれど俺からすれば、大人になってからの顔ですら、ほとんど覚えていない幼く遠い過去の記憶。こうして気づいただけ褒めてほしいくらいだ。

「……いや、親に褒めてほしいとか、ガキかよ……」

そこからは、すでに終わりが決まっている彼女の人生を垣間見た。

卒業して、就職して、様々な出会いと別れの先に人生の伴侶《はんりょ》と出会って、ありきたりな恋愛をして、結婚する。そんな普通なようで、とても得難い、幸せな人生だ。

映像越しに初めてまともに見る父親は、彼女にお似合いの優しそうで柔らかな雰囲《ふんい》気《き》の男だった。荒《すさ》んだ俺にはあまり似ていない。

けれど俺の死因にもなったバイクが趣味だというところだけは、皮肉にも同じだった。俺の場合、趣味というよりも、周囲にナメられないための武装のようなものだったが。

そんな俺の父親は、赤ん坊を育てる妻を置いて出ていったのであろう、とびきりのくそ野郎のはずだった。

なのに彼女と過ごす間へらへらと幸せそうに笑うこの男の姿は、何度もぶん殴ってやりたいと想像していた姿からはかけ離れていて、少し拍子抜けしてしまう。

「……これが、俺の父さん……」

次第に母さんの腹は膨らんで、父さんがそれを慈《いつく》しむように撫でる。その中には俺がいるはずなのに、どこか遠い世界のようだった。

『あ、今この子お腹蹴った……』

『えっ、本当⁉　ちょっ、もう一回……！』

『ふふ、力の強い元気な子になりそうだなぁ』

もしもこの愛情あふれる家庭で育つことができていたのなら、今の俺はこんな風にならなかったはずだ。最悪の記憶しかないからと、振り返るための走馬灯すら拒絶するほどの、こんな惨《みじ》めな人生ではなかったはずなのに。

「ふたりとも、なんで、俺を置いていったんだよ……」

ひとり吐き出すように呟いても、当然返事はなかった。それでも、生まれる前の俺を腹越しに撫で、笑顔で語りかける両親の姿を目の前にして、次第に長年抱《かか》えた憎しみとは別の感情が芽生え始める。生きていた頃には感じられなかったふたり分の愛情を受けて、じわりと、もう動かない鼓動が熱を帯《お》びた気がした。

やがて祝福の中、赤ん坊の俺は無事生まれた。記憶にも残っている、三人で住むには少し狭いアパートの一室で、両親から目一杯愛され、すくすくと育ち始める。

幸せいっぱいなはずの子育ては、客観的に見て喧嘩漬けの日々よりも過酷で壮絶《そうぜつ》だった。虐《しいた》げるよりも慈しむほうが、壊すよりも守るほうが余程難しい。俺なら早々に音を上げているだろう。

けれどそこにあるのは、ただ笑顔と愛情にあふれた、満ち足りた日々だった。

「あんな幸せの中心にいたのか、俺……」

そこから先、彼女の人生の大半は俺の存在で占められていた。これでは、もはやどちらの走馬灯かわからない。思わず、自然と笑みがこぼれた。

「ああ、もう幼稚園か……早いな。……そろそろ、か」

あんなにも彼女に幸せになってほしかったのに、その終わりを知ってしまっている今、幸せであればあるほど複雑だ。

こんなにも幸せな家庭なのに、もうすぐ壊れてしまう。ここまで来ると逆に想像がつかないものの、やはりかつて思い描いていたように、全ての元凶は父さんなのだろうか。

「……やっぱり、走馬灯に向かってでも一発殴っとくべきだったか……？」

そして案の定、その後すぐに父さんが行方不明になった。

けれど、彼は想像していたように、俺達を捨てて出ていったのではなかった。独身時代からの趣味だったバイクによる、交通事故で亡くなったのだ。

父さんは、近頃また体調を崩し始めた母さんの治療費にあてるために、ずっと大切にしていたバイクを売りに行くところだったらしい。

警察からの電話を受け、傍でなにも知らずに昼寝する俺を起こさぬよう、タオルを噛んで必死に声を殺して泣く母さんの姿。俺達家族のために、長年大切にしていたものを手放す覚悟をしていた父さんの愛情。俺はどれも今になって、初めて知った。

「…………」

それから、あっという間に迎えた別れの日。家族三人だけの最後の別れは、粛々《しゅくしゅく》と進んだ。

それでも、まだ幼い俺には、最後までその意味がわからなかったのだ。ぺちぺちと気の抜けた音がするくらい、幼いなりに精一杯、棺《ひつぎ》に眠る父親を叩《たた》き起こそうとしていた。

「……はは、なんだ。もう父さんのこと、叩いてたんだな、俺……」

映像を見ながら知らぬ間に固く握り込んでいた拳を解き、もう当時の感触なんて残っていない手のひらを開いて、じっと見つめる。

走馬灯にも出てきていた母さんの両親は既に他界していて、父さんの親族は走馬灯には出てこない。こうして先の見えない狭い世界に、俺と母さんのふたりだけが取り残された。

頼れるあてもなく、目まぐるしく過ぎる辛く苦しい生活の中、泣く暇もなく、壊れかけの身体で懸命に働く母さん。ようやく物心付く頃の俺に、日に日にやつれていく彼女は、それでも惜しまず愛情を注《そそ》いでくれていた。

「……」

そしてその先は、見なくてもわかる。俺の記憶の始まりの頃。ふたりきりの生活の、近づく終わり。消えかけの命と、仄《ほの》かな温もり。意識を手離す刹那《せつな》、最期になにか言い残した、母さんの小さな声。

『……ねぇ、青司。……本当に、愛してるよ』

あの時聞き取れなかった声を、今になってようやく耳にすることができた。

「ああ……なんだ……そう、言ってたのか……」

恨み言なんかじゃなかった。父さんも、母さんも、望んで俺を置いていったわけじゃなかった。そこには確かに抱えきれないほどの愛があって、俺が勝手に想像して恨んでいたような悪者なんて、どこにもいなかったのだ。

そして彼女の満ち足りた表情を最後に、走馬灯は終わりを迎える。

「なんだ……そっか……」

「……さて、これで彼女の人生は終幕となります。如何《いかが》でしたか？」

再びいつの間にか傍らに居る黒衣の男に、もう驚く気力もない。長い映画を見たあとのような、人生をやり直したような心地良い疲労感と達成感に、俺は大の字になって寝転がる。

「あー……俺、自分には愛情なんて、無縁だと思ってたんだ。……でも、最後にこんなの見せられちゃ……人生捨てたもんじゃねぇなって。……いや、まあ、もう人生終わってんだけどよ」

「ふふ、そうですか。ご満足いただけたようでなによりです」

自然とあふれる涙を止める気も起きない。どうせもう死んだ身だ、恥もなにもないだろう。あの日ふたりが幸せそうに笑ってくれた、生まれた時レベルで泣いてやる。

「もしこのあと『来世』ってのがあるなら、今世はいろいろ失敗しちまった分、今度こそ貰った愛を返せたらって……思ったりする。らしくねぇけどさ」

「さようでございますか、それは良い心がけですね」

「……だから、その……見せてくれて、ありがとうな」

「いいえ、無事人生を振り返られて何よりです。それでは……久遠青司様。また来世でのご利用、お待ちしております」

次へと廻《めぐ》るべく旅立った魂を見送って、結局投影することのなかった彼自身の走馬灯を再生しながら、黒衣の男は傍らに立つ同じ装いの後輩へと視線を向けた。

「……さて。このように『走馬灯』とは、その方の人生を振り返るものです。しかしながら、酷い人生を過ごされた方は、総じて魂が汚れて、ひねくれていますからね……最期に振り返ったりしたら、もっと悪化してしまいます」

「確かに、さっきのやつ……久遠青司でしたっけ、最初に先輩のこと殴ろうとしてましたもんね。結局すっ転んでましたけど」

後輩は出会い頭に殴りかかろうとした青司の仕草を真似《まね》てから、大袈裟《おおげさ》に肩を竦《すく》めた。それを見て、黒衣の男はやれやれと首を振る。

「ええ。すぐに暴力に訴える、とても野蛮《やばん》で物騒《ぶっそう》な魂……。そこで、そんな問題ありの魂に対し我々が行うのが、今回のような『更正プログラム』です。本人ではなく身近な他者の人生を『走馬灯』として追体験することで、愛されていたという記憶をより強く実感できるというわけですね」

つい今しがたそれを実践した黒衣の男は、再生されているまさに暴力的な走馬灯を示しながら、まるで通販番組のように後輩へと語った。

「成る程！　荒んだ魂は愛情で浄化されますもんね。それで彼の場合、母親だったんですか」

「ええ。プログラムが必要な魂はそもそも素直でない場合が多いので、あくまでこちら側のミスとして途中まで……あるいは最後まで観て貰ってください。彼のように集中していたら、途中で止めて、自らの意思で続きを観る選択をさせるとより効果的です」

「勉強になります！　でも先輩……そうすると、愛したことも愛されたこともない魂の場合、どうするんですか？」

アドバイスを一生懸命メモしながらも、元気に挙手する勉強熱心な後輩の問いかけに、黒衣の男は一瞬目を見開いたあと、思わず笑った。

「おや、そんなの決まってるじゃないですか。ほんのひと欠片《かけら》すら愛されたことのない魂なんて、存在しませんよ」

「えっ……そうなんですか？」

「ええ。魂とは生き物だけではなく、時には物にさえ、愛を以《もっ》て宿るものですから」

「そっか……生きてるうちに忘れちゃっても、愛と魂はセット売りなんですね」

「……まあ、そういうことです」

「なら、皆の魂がちゃんと次に向かえるように、ここできれいになれるといいですね！　先輩、俺、この仕事に就《つ》けてよかったです！」

「はいはい。やる気があるのは結構です。……では、そろそろ次のお客様のご案内ですよ」

「はあい！　準備してきます！」

　仕事熱心でやる気に満ちた後輩は、気持ちを新たに次の走馬灯を用意しに駆けて行った。その背を見送る黒衣の男は、一息吐く。

「……まあ、愛の記憶を振り返ったところで、荒んだ生き方を否定されたと変なプライドから聞き分けのないことを言う魂だってありますし……本当にひと欠片の愛とも接することのない魂がもし存在するとしても、この『走馬灯ルーム』に送られるまでもなく地獄に落ちて消滅するでしょうし……どちらにせよ、更生の余地もないそれらは『ない』のと同義ですよね」

　気づけば再生を終えた先程の走馬灯は消えて、あたりは再び無音となる。そしてひとり残った男の呟きは、誰にも届くことなく、白い部屋へと消えていった。

ALIVEレター

白井くも

吸って、吐いて、繰り返して、身体中を酸素が巡る。そうやって、人間っていうのは生きている。みんなそうだ。

そして私は、それが大嫌いだ。

私は心臓病を患《わずら》っていた。過去に。心臓移植をしたから、今はもう全く平気だけれど。

「……けど、死にたいなあ」

いっそ、生まれ変わってやり直したい。ただ死にたいだけではない。言うのならば、誰かの死を利用して生きているこの感じがたまらなく嫌なだけで、死ぬということも同じくらいに怖い。死にたくない。その矛盾《むじゅん》が、私を苦しめる。

こんなことは、誰にも言えない。言える訳がない。だから私は、いつも笑う。

生きていてよかった。ドナーが見つかってよかった。過去なんて気にしていないし、毎日がすごく楽しい。そうやって笑みを貼り付けて、たとえ思っていなかったとしても、明るい言葉を並べる。ずっとそうして生きてきた。なにも壊したくなくて、私は私が大切で、だから弱い。弱い私は、自分が大嫌いだと、心の中でぽつりと呟《つぶや》くその時、そのふとした瞬間に、死んじゃいたいと思ってしまうのだ。

そんなことを考えながら、私は下駄箱の扉を開けた。その刹那《せつな》、私の世界には突然、すっとフィルターがかかった。太陽が西に傾き、人気《ひとけ》がなくなった放課後のことだ。瞳孔《どうこう》が開いて、口もあんぐりと開いた。きっと今、私はすごく間抜けな顔をしていると思う。

ゆっくりとかがんで、はらりと床に落ちた〝それ〟を拾う。おそるおそる表に返して目に飛び込んできたものは、愛だ。愛の形。純白の封筒に貼られた、真っ赤なハート形のシール。初めて手にした、それは、誰もが憧れる〝手紙〟だった。

——ラブレターじゃんっ！

驚きと喜びのあまり、思わずそう声にしてしまいそうになったけれど、グッと堪《こら》えた。鼓動が跳ねる。ドッキリかもしれないという考えも頭をよぎったけれど、それよりもすごく、ただ単純に嬉しかった。

差出人は書いておらず、お手本のようなきれいな字で、私——咲良十和《さくらとわ》の名、それだけがあった。

開封はせず、封筒に見惚《みと》れ数分。これだけでもうおなかいっぱいだ、とも思ったけれど、少ししてはっとした。ラブレターに浮かれているところを誰かに見られるようなことがあったらはずかしい。ぱっと周りを見まわす。職員室から話し声は聞こえるものの、近くに人はいなかったからセーフ。ほっと肩をなでおろす。

そして、周りに誰もいないとなると、今まで我慢していた欲があふれ出てきて抑えきれない。今、中身を見たい。よし、賭けだ。賭けをしよう。十数えて、私ひとりのままだったらここで開封する。そうしよう。ドキドキしながら、目をつむって数を数える。いーち、にい、さーん……じゅうっ。そして、再度辺りを見渡す。

——よしっ。

シールの粘着する面に紙がくっついて破れてしまうのが嫌だったから、慎重にはがす。つるん。きれいにはがれた。ふたつ折りにされた便箋《びんせん》をそっと取り出し、はらりゆっくりと開く。手紙の頭に目を移し、愛を瞳に映す。

線が細くて、癖がなくて、癖になる。そんな字で、綴《つづ》られていた。

咲良十和さま

直接渡すことができず、ごめんなさい。
この手紙は、咲良さんに伝えたいことがあって書きました。
俺は、ずっと前から咲良さんのことが好きでした。
もしよければ、この学校の図書室に行って、司書に《L》と伝えてください。

よろしくお願いします。


——図書室って、なんで？　いや、どういうこと？

裏を返しても白紙で、差出人もわからない。訳がわからない。《L》って何？

メリーゴーランドみたいにぐるぐると回る思考回路。ふわふわと頭の中を飛び交うクエスチョンマーク。考えたってわからない。

そうして仮説を立てていると、ふいに心臓がどきんと嫌な音を立てた。身体的なものではない。それは突然のことで、ただ、私は思い出してしまったのだ。

——いいの？　付き合っちゃって。私は、ひとごろしみたいなもんなんだぞ。そんな資格ある？

悪魔の声が響く。嬉しくて、晴れ渡っていた晴天の空に、じめじめと分厚い雲がかかったような気分。嫌だ。こういうこと、考えたくない。大嫌い。考えるから、死にたくなる。考えたらきりがない。それなのに、やめられない。

たった一度、一瞬の気の迷いで、もはや嬉しいなんていう気持ちは、どこか遠くへ消えてしまった。ラブレターを素直に喜ぶような気分にはもうなれず、手紙をスクバの中へそっとしまった。下駄箱からローファーを取り出し、スカートに舞った砂利《じゃり》を払う。

「かーえろっ」

こういうときは、無理やりにでも口角を上げればいい。明るく振舞うことだけは、昔から得意だ。しらけるくらいに。そういう風に、生きてきたから。


授業終了のチャイムが鳴り、クラス委員の女子が「起立」と号令をかける。適当に、がとーざいましたーと言い終わったあとは、がやがやと教室がさわがしくなる。席から離れて友達のもとへ行ったり、開放されたような表情を見せたり。なにせ、お昼休みの時間だから。みんなお腹が空いているのだ。私もそう。

「おなかすいたねぇ」

「……んまっ」

「って、未那《みな》食べるの早すぎだって」

高校に入ってできた、今は隣の席の女友達、朝川《あさかわ》未那と机をくっつけ、私はお弁当の包みを開いた。今日のメニューは、鮭おにぎりときんぴらごぼうだ。タッパーのふたをぱかっと開け、広まる甘辛い香りをすうっと吸ってから、心の中でいただきますを唱える。

そして、少し食べてから、そろそろ切り出すかと思い、スクバの中から昨日もらったラブレターをそっと取り出す。おいしそうにサンドウィッチを頬張《ほおば》る未那に「あのさ」と、切り出し、昨日の出来事を話した。一瞬、ぽかんと口を開けたと思えば、目を見開いた未那は、がたんと音を立てて立ち上がった。

「ら、ラブレター!? えっ、もらったの？」

「しーっ！ 大きい声で言わないでよ……」

慌てて未那をなだめる。念のためくるりと周りを見渡して、私たちの会話に誰も気を向けていないことを確認する。大丈夫だとは思うけれど、もしもクラスメイトの中に差出人がいたらと思うと、なんだかいたたまれない。転ばぬ先の杖で、石橋を叩《たた》いて渡る。

「なんで、図書室に呼び出すんだと思う？」

「ん？ なに言ってるの。それは普通でしょ」

あっけらかんと未那が言った。その意味は全くわからない。〝なに言ってるの〟は絶対にこっちのセリフだ。冗談なのかとも思ったけれど、別に、冗談を言っているような雰囲気《ふんいき》でもない。

「あぁ、もしかして、十和知らない？ 最近、図書室が恋愛スポットになってるんだけど」

「……初耳。図書室がって、なんで？」

「なんかー、ラブレターの郵便局みたいな感じのサービス？があるんだよ。あたしは使ったことないけど。合言葉みたいのをあらかじめ決めておいて、それを司書さんに伝えると、相手が預けた手紙をもらえる、みたいな」

「……んっ？　内容だけでもイミフだけど、それを図書室で？」

「うん。ちょっと前にさ、司書の……なんだっけ、あ、山中《やまなか》さんだ。産休入ったじゃん。んで、代わりの人が来たんだけど」

「あーそういえば、そうだっけ」

三十歳くらいの先生だ。確か、一ヶ月くらい前だったか。私が卒業するまでに戻ってくることはないだとか、あるのだとか。興味がなかったから、正直よく覚えていない。

「新しい司書さんが、あまりの利用者の少なさに落胆《らくたん》して、とりあえず増やすためにって思って考えついたのが〝ラブレターの受け渡し〟らしいよ」

「……なんとなくわかったような気がするけど、なんか未那、やけにくわしいね」

「司書さんイケメンだから興味あって」

にやりと笑った未那に、私は大げさにため息をついた。

「なーんだー。本嫌い卒業してくれたかと思ったのに」

「図書室通っただけで、別に本は読んでないよん。んでさ、受け取りには行くんでしょ？」

「……行くけどさあ」

おにぎりをひとくち。

「……けど？」

「ふっふひ、はふへ――」

「いや、分からんわ」

真面目な顔でツッコまれ、仕方なく口を閉じる。実際、ラブレター渡す人なんかいるんだねと言おうとしたけれど、口に入れたおにぎりのせいで伝えられなかった。まあいいかと思い、くしゃりと丸めたラップとタッパーをバッグへ入れ、それを机の横にかける。それを見た未那が、話を変えた。

「お昼おにぎりときんぴらだけって、少なすぎない？」

「へへっ、実はダイエット中なんだ」

「たしかに、十和ちょっと太った？」

「うっ、やっぱり？　わかっちゃう？」

口ではそう言いながら、まじかーと少し沈む。ただの誤魔化しのつもりだったのに、本当にそう見えているとは。数字的には、平均よりも軽いはずなのに。ダイエットするべきか。

「うそうそ、冗談だって。その体形で!?って感じだよ。それに、私のほうがでぶいよ？　ぽよってるよ!?」

「えっ、それはないないっ。というか、嘘か冗談かわからないの、やめてっ」

――病気のことは、未那に話していない。

そういうのはキャラじゃないし、そういうことで気遣いをされたくないから。それに、話してしまったら今のように仲良くしてもらえないかもしれない。それはきっと、すごく怖いことだ。


未那曰《いわ》く、本の貸し出しはお昼休みは図書委員、放課後は司書さんが行うらしい。だからラブレターの受け取りは、放課後限定なんだと。未那はなぜか、こういう情報に詳しかった。私は疎《うと》い。

そして放課後、半信半疑ながらも私は図書室へ向かった。久しぶりに足を踏み入れる図書室は、扉を開けて中に入っても、本屋の香りはしなかった。あれは書店限定のものらしい。

ラブレターの郵便制度をつくるくらいだから、利用者は少ないだろうなあとは思っていたけれど、想像以上にいない。数人の生徒が勉強コーナーで自習をしているくらいで、本棚のほうに生徒は私だけ。図書室を貸し切っているような、変な感じだ。

この学校の図書室は少し小さいけれど、おかげでぽかぽかと暖かかった。窓からは日も差し込んでいて、少し眠くなる。そのあとも少しぶらぶらと散策をして、図書室を満喫した。室内を一周し、入り口近くのカウンターに戻ってくる。中には、司書さんらしき男の人がひとり。きれいな顔の男の人。

未那はやっぱり面食いだなあ、とか感心して、とりあえず観察。あだ名をつけるなら〝イケメンぐうたらお兄さん〟かな。頬杖をついて、うとうとと眠そうにしているから。職務放棄だ。

そうやって眺《なが》めていると、少しして、司書さんの目が開いた。ぱちりと視線が絡む。目が、あってしまった。気まずくなって、なんとなく目を逸《そ》らす。少し見つめすぎたかもしれない。はずかしい。それでも、まあしょうがないやと思い直して、私はカウンターへ向かった。

「……あの。これ、お願いしますっ」

厚さは薄めの小説を、カウンターの上に置いた。ついでだからなにか借りていこうと思った時に、ちょうど目に入った本。読書は好きだ。暇な入院生活、娯楽の〝ご〟の字もでない病室で、唯一私を楽しませてくれたものだから。

司書さんに声をかけると、彼は眠そうにあくびをして伸びをした。やっぱりイケメンだらだら……――んん、なんだっけ。まあいいや。

「はい、どうぞ。返却は一週間後ね」

司書さんがバーコードリーダーをかざすと、ピ。電子音が鳴った。そのあと、司書さんは、役目は終わったぞと言わんばかりにお休みモードに入った。頬杖をついて、瞼《まぶた》をおろす。若干感心しながらも、寝ちゃう前に言わなきゃ、と私はあらためて息を吸った。

「あのっ」

「……うん？」

「私、ラブレターを、受け取りに来たんですけど」

「んー、あ、はいね。合言葉は？」

「あっ、はい。えっと」

本当だったんだ、と私が驚いている間に、司書さんはカウンターの端に置いてあったクリアボックスのふたを開ける。

――この箱の中に、ラブレターが……。

心臓が高鳴る。

「《L》です。大文字で」

私がそう言うと、驚いたような顔をして、司書さんは一瞬固まった。

「十和さん……いや、まだいいや。あるから、ちょっと待っててくれる？」

「？　……あ、ありがとうございますっ」

司書さんはクリアボックスの中から白い封筒を一枚取り出し、私に渡した。おそるおそる受け取る。

「じゃあ、また来てね」

「あ、はい。……ありがとうございました」

「はいねー」

鞄《かばん》の中から家の鍵を取り出したとき。また――次があるの？　今になって、違和感の存在に気が付いた。考えても今さらかと思い、私は鍵を鍵穴に通す。ぐるりと捻《ひね》った。ひんやりと冷たいドアノブに手をかけ、回す。〝ただいまー〟と、人が誰もいない家に挨拶《あいさつ》をすると、お出迎えをされる。寄ってきたもふもふ。

「あいー！　ただいまっ」

もふもふ――愛犬のあいは、私の胸へダイブした。私も抱きしめ返す。ふわふわの毛が頬にあたってくすぐったい。仕事で忙しい両親が、ひとりでは寂しいだろうと飼うことを許してくれたのが、犬。あいだ。犬種はポメラニアン。ずっと抱きしめていたくなる、可愛い愛犬。あいがいるから、私は寂しくない。

少しあいと遊んでから、私はラブレターを取り出した。なにが書いてあるんだろう。わくわくしながらシールをはがした。

咲良十和さま
図書室行ってくれたり、読んでくれたり、生きていてくれたり、ありがとうございます。

今回伝えたかったのは、とにかく感謝ばっかりってことかな。

それと、次の合言葉は、《I》です。名前は次の手紙で明かす予定です。よければ、次もお願いします。

今日も、咲良さんのことが好きです。


——今日も好き、という言葉に頬が染まった。

「……なんなんだ……」

明日も図書室へ行けということか。そう文句を言っておきながらも、実際は明日もラブレターを読めるということが楽しみだった。

だけど、わからないことがまたひとつ生まれた。生きていてくれてありがとうって、なに？　私が病気だったってことを、知っているってこと？　ますますわからない。

誰なんだろう、差出人さん。おそらく、病気のことを知っていて、なおかつ同じくらいの年齢の男の子だろう。

だけど、夜、眠りにつく前、布団にもぐって思い当たる人を考えてみたものの、答えは出なかった。


太陽が昇り、また沈む。昨日と同じくらいの時間、私はまた図書室へ足を運んだ。

今日はそのまま、司書さんのほうへ直行の予定だ。ラブレターのためだけに来たから。

昨日借りた本は、まだ読み終わっていなかったし。

「あ、十和さんだ。ラブレター？」

私に気が付いた司書さんは、ちょっと待っててねーと言い、クリアボックスを開いた。昨日よりも少し中身の手紙が増えているのを見て、みんな恋をしているんだな、と感心する。

「昨日も来てくれたから別に疑ってる訳じゃなけどさ、一応、合言葉教えてくれる?」

「ぜんぜん大丈夫です。ええと、《I》です。また大文字で」

「了解」

司書さんから手紙を受け取ったあと、「元気?」と聞かれ、とまどいながらも「元気です」と答えた。急になんでそんなことを聞くのかと不思議に思ったけれど、司書さんは一応先生だから、心臓のことを知っているのかもしれない、とも思った。それに、わざわざ聞くことでもない。そして、ありがとうございました、と告げ、私は踵《きびす》を返した。家に帰り、今日は一番に手紙を読んだ。

咲良十和さま

名前は、水木《みずき》絆《きずな》っていいます。みずききずな。名前でも苗字でも、好きな風に呼んでください。俺のことは、司書に聞けば、教えてくれると思います。

あと、今さらだけど手紙は一日にひとつずつ受け取ってもらえると嬉しいです。

《V》が次の合言葉です。よろしくお願いします。

──なんでまた、司書さん？

知り合い、だったのかな。そういえば、初めて手紙を受け取りに行ったときに司書さんが私の名前を呼んだことは、それが関係あったりして。それと、〝水木絆〟さんという名前。どこかで聞いたことがあるような気がするけれど、思い出せない。だけど、同じ学校の人だし、聞いたことがあるのは当然かもしれないとも思った。

そして、そう思うと同時に、言葉では説明できないような、不思議な感覚を感じた。正確には、下駄箱のふたを開けたときくらいから、私の脳内はずっとこうだったのかもしれない。まるで、心臓が叫んでいるような。切なくて、胸がキュッと詰まるような感覚。もしかしたら、私の感情ではないのかもしれないとも思った。

以前、聞いたことがある。移植をすると、ふたり分の人格が心の中に入ることがあると。信じている訳ではないけれど、もしそうだとしたら、それはそれでいいのかもしれない。いっそ私を責めてくれたほうが、楽になれるのかもしれないから。だけど、声を聞くことは、できなかった。

私は一昨日借りた本を返した。未那の場合は本を開きさえしないけれど、私は読む。さすがの私でも、二日もかければ読み終わった。返却手続きしている間、司書さんに「どうだった?」と聞かれ、私は「面白かったです」とだけ返した。司書さんも読んだのかな、とか思っていたら、「俺まだ読んでないからネタバレはやめてね」と言われた。そんなにわかりやすい顔をしていたのだろうか、と自分の頬をさわると、司書さんに笑われた。

「あ、今日も、ラブレターだよね」

「……その前に」

私は息を吸う。

「ええと、私、水木絆さんのこと、聞きたいんです」

伝えると、司書さんは困ったように眉をひそめて、口を開いた。

「まあ、そうだよな。……絆に告白されてる十和さんにこれを言うのは、ちょっと気が引けるんだけどね」

「あ、はい」

「まず始めに——絆とはもう会えないよ。一年前、〝今日がサイゴ〟とか、言われなかった?」

「えっ」

素っ頓狂な声が出る。なにを言われているのか、さっぱりわからなかった。

——一年前？　私は、絆さんと話したことがあるの？　しかも、もう会えない？

それに、言い方的には——。

「どういうこと、ですか」

「話して、いいんだよね？」

私は返事をしなかった。私に問われているというよりも、他の人——絆さんに言っているように聞こえたから。

「十和さん、心臓病、だっけ？　中学の時、入院してたでしょ？」

「その時出会ったんだよ」と続ける司書さん。やっぱり知っていたか、と思いながら、こくりと頷く。だけど、私は知らなかった。〝水木絆〟という名前と、存在は。

「私、その辺の記憶が曖昧《あいまい》で」

「そうなの？」

「……ひゃい。……あ」

「ふっ……」

噛んだ。しかも、笑われた。恥ずかしくなって思わず下を向く。私は、その間に、少し考えた。

告白するってことは、それくらい仲の良い関係だったのかな。なんて私にはわからない。どうして忘れているんだろう。司書さんは〝サイゴ〟と言っていた。病院で知り合ったのだし、やっぱりそれは〝最期〟という意味なのかもしれない。

「……結構いい感じだったとか、絆言ってたよ」

「え、うそっ。い、いいかんじ？　……ってか、司書さんはなんでそのことを知っているんですか？」

「それは秘密かなあー」

「ええー、なんでですか。ていうか、絆さんはなんで私に告白なんてしたんだろう」

「それは、好きだったからでしょ」

　やっぱり、過去形。

「図書室のラブレター預かり制度ってね、絆が発案者なんだよ。利用者が少ないからって俺が相談したらさ、これしかない、って。で、絆自身もラブレター渡したいって言ってた」

　懐かしむような顔をして「あれは、十和さんに渡すためだったんだ」と付け足した司書さんは、コーヒーを一口啜《すす》った。それから、ふわっとあくびをした。私は真剣に話をしているのに。なんなんだ。しかも、カフェイン摂取した瞬間に眠そうにするとか、本当なんなんだ。

「あ、そういえば、十和さんの用事はラブレターだっけ」

司書さんは話を戻し、引き出しの中からクリアボックスを取り出した。

「あ、そうでした。なんか衝撃的ですっかり……」

「ははっ、だよね。……そういえばさ。学校、楽しい？」

「また突然ですね。まあ、楽しいです」

「そりゃよかった」

「あっ、合言葉、《V》です」

「ん、了解」

司書さんが手紙を取り出し、「はい」と差し出す。ありがとうございます、と受け取った。

「俺が持ってるラブレターはこれがサイゴだから。……まだ、絆について聞きたいことある？　って俺、そろそろ駅前の図書館のほう行かなきゃだけど」

「へえ、大変ですね。……あのっ」

「ん？」

「聞きたいことっていうか……今日、ここで読んでもいいですか？」

「……なんで？」

「秘密、です」

今日はお母さんが早く帰ってくるから、とは言わなかった。だけど、それだけではない。

心臓が叫んでいた。私には聞こえた。

——ここで読んでいけ、と。

私の唐突な申し出に、司書さんは「まあ、いいけどさ」と返事をして、カウンターの上に置いてあった本を開いた。ぺらりとページをめくった。私も封筒に手をかけて、シールをはがした。

最後の手紙だと思うと、楽しみで、それでいて、少し寂しいと感じた。

咲良十和さま

何度も言うけど、とにかく感謝ばっかりです。

生きていてくれたり、いろいろ。ほんとに。

俺は、十和さんの心臓です。

この心臓はもう、永遠に十和のものだから、俺のことなんて気にせずに、楽しく生きてください。

サイゴは《E》で、今までのぶんを合わせてＬＩＶＥ。生きるっていう意味です。

水木絆

私は息をのんだ。絆さんが、私の心臓？　そんなこと、ありえる？　それに、だったらなんで、私に好きだなんていうの。本来、私のことを憎んでいたっておかしくないのに。

「ねえ、十和さん」

「……あ、はいっ」

「死にたいとか、言わないで」

「えっ……？」

死にたいとか言わないで？　予想外の言葉に顔を上げる。さっきから、驚いてばかりだ。

──もしかしてあのとき、聞かれていたとか？

あのとき。私がまだラブレターを受け取る前。死んでしまいたい、生まれ変わりたいって思って、その刹那ラブレターを見つけて。図書室へ行って、司書さんがいて。ラブレターをもらって、意味のわからない感謝をされて。その少し前の、ひとこと。

「もうすぐ、俺はいかないとだから」

「……司書さん？　急になに言って」

るんですか？　遮《さえぎ》られる。これは絶対に、駅前の図書館の話ではない。だって、こんなにも悲しそうに笑うんだ。

「なんでもないよ。……とにかく、生きてねーってこと。俺も一緒に生きるし。俺が伝えたかったことは、それだけ」

「言われなくても、ちゃんと生きますよ。死ぬの、こわいですし」

「うんうん、そうして。俺はいつも、見てっからね」

その言葉を聞いて、思わずひゅっと息をのんだ。ひとつの可能性が頭の中をよぎり、ひとつの方程式をひらめいた。心が少し、軽くなって、どんよりと濁《にご》っていた心が、わずかに煌《きら》めいた気がした。

「司書さん――いや、絆さん？」

彼は返事をしてくれなかった。

ひらめいた方程式というのは、普通だったら絶対にありえないことだ。《司書さん＝絆さん》。さっき判明したことによると、《絆さん＝私の心臓》だから、《司書さん＝私の心臓》。それが正解かはわからない。ありえるはずも、ない。だけど、私は確信していた。だから続ける。

「司書さん、私はちょっと、感謝をしてます」

「……えーと、そのちょっとっていうのは？」

「言いたいのは、やり方がわかりにくいってことです」

もしも私のイミフな仮説が正しかったとしたら、隠されたまま終わるのは嫌だから。

だから私は、賭けをした。

「……その、ごめん」

一瞬だけ目をそらして、彼はそのひとことを言った。賭けに、勝ってしまった。

やっぱり、これは——。

「サイゴ、なんですよね。……教えてくれたって、隠さなくたっていいじゃないですか」

「……うわ、予定狂った。バレないまま終わって、彼岸《ひがん》に行く予定だったってのに」

——彼岸。死後の世界。手術をしなかったら、私がいたであろう場所。私の代わりに、絆さんが行ってしまった場所。

「……つまり、私がちゃんと生きてないから、わざわざ彼岸から……ってことですか。……ええと、伝えに来てくれたのは嬉しかったです。すごく」

だからありがとうございます、とお辞儀《じぎ》をする。深々。司書さんは、「信じるんだ」と笑った。それから、「こちらこそ、ありがとね」と頭を下げた。

「もっかい言うけどさ、俺は十和さんに生きてほしいって思ってるわけ。だから、絶対生きてよ。死にたいとか、言わないで。思わないで」

「……ごめんなさい」

「いーえ」

すうっと息を吸う。まっすぐ瞳を見つめる。

「絆さん、私、生きようって思う。――生きたいって」

失った記憶、忘れている存在なんて、ひとつもなかったらしい。最初からなかった。言葉を交わしたことだって、まず、出逢ってさえもいない。〝はじめまして〟で、〝さようなら〟だ。それが、絆さんとの時間だ。刹那の時間。これでお別れ――いや、違う。この先もずっと一緒なのだから、別れなんてない。

「っていうか、〝結構いい感じ〟って、どういう……」

「あー……あれは、誤魔化すためのウソ」

「なんだー……」

「期待した？」

「気になっただけです」

司書さんは「だよなあ」と笑った。それから、ふんわりと優しく私を抱きしめて、サイゴに言った。司書さんの優しい匂いに包まれる。

「吐いてもいいんだよ。一回じゃ足りなかったら、ふたり分。俺の分まで吐いちゃって」

——弱音も息も、思いっきり。

司書さんは優しく微笑《ほほえ》んだ。

「じゃあね」

「お母さん、おかえり」

「あぁ、十和。ただいま」

よし、言おう言うんだ。そうやって言い聞かせても、心臓はばくばくと高鳴る。緊張。

「あのさっ、急なんだけど……えーっと、前に心臓のことぜんぜん気にしてないって言ったじゃん。平気だよーって」

「えっ、あぁ、そうね」

「とりあえず、リビング行こ」

緊張に負けた。やっぱり無理、言えない、と心の中で呟《つぶや》く。結論の見えない私の話に、お母さんは、不思議そうな顔をしながらもリビングへ向かった。片付けが終わったお母さんを確認してから、私はすうっと深呼吸をする。今度こそ、言う。

「……本当はね、前までちょっと気にしてたの。いや、たくさんかも。ただ――」

ちゃんと、吐けた。言えたよ絆さん。飲み込んでいた言葉を。

「……そうよね。そうじゃないわけ、ないよね」

「……うん」

「十和、がんばったね」

あらためて言われると、くすぐったい。それが嫌だったのかもしれない。これを聞きたくなかったのかもしれない。だから、ずっと隠してきたのだと思う。ひとりでなんとかなると思って。

「友達にも言ってなかったの。……でも、言ってもいいかなって今は思う」

初めからひとりじゃなかった。息《い》ずらかった。それは確かに、そうだったけれど。

それでも私は、生きたい。私に生きてほしいって人が、いる限り。

たとえいなくなってしまったとしても、絆さんのために。私は生きたい。そう、思えるようになった。

司書《きずな》さんへ

罪悪感が消えることは、この先もきっとないと思います。でも、それでも生きれるんですね。おかげでそう思えるようになりました。ありがとうございます。わざわざ伝えに来てくれて、すごく嬉しかったです。

それから、この手紙の合言葉について、《I》を《O》に変えて《LOVE》にするのもいいと思ったのですが、私たちの場合は《A》を頭につけるのもいいなと思いました。《ALIVE》って。ちなみに、この動詞はbe動詞のあとでしか使えないらしいです。だから私たちにつけるのは、「ARE」ですね。今までは、私が勝手に「AM」にしていたけれど。私って、ひとりじゃないんですね。ちなみに、LIVEとALIVEは同じ「生きる」という意味なんですよ。って、司書さんなんだからそれくらいは知ってますか。

ええと、それでは……なんだろう。ばいばい、またね、はなんか違いますよね。おやすみなさいにしましょう。じゃあ、おやすみ。

咲良十和

あれから、あのもやもやとした感情は絆《ほだ》されて、消えた。だから今は、こんなにも息が吐きやすい。全部司書さん――絆さんのおかげだ。でも、これを言ったら、絆さんはきっと、「十和さんの力だよ」と、笑うのだろう。

図書室へ行くと、郵便制度はなくなっていた。よく考えてみれば、やっぱりそんなものがある訳ないのだ。そして、それを示すように、絆さんはもういなくって、代わりに旧司書さんの山中さんがいた。あのクリアボックスはもうないけれど、絆さんが飲んでいたコーヒーの香りが、私の鼻をかすめたような気がした。

もう、あの図書室に行くことも、死にたいなんて呟くことも、ない。

私は、この心臓に話しかける。

司書さん、最後のお手紙です。合言葉は《A》ですよ。司書さんの役目、職務放棄とかしないで、ちゃんと果たしてくださいね。いつかちゃんと届けて、読んでください。はずかしいので、私が寝ているときにでもお願いします。胸の内に、しまっておいてください。結局あの手紙で私が言いたかったことは、とりあえず、ありがとうございますってことです。ありがとうございました。

最高の生死

響ぴあの

最近、ため息しか出ていないような気がする。
自分の不運を嘆くけれど、嘆いても何も変わらない。
世間も毎日の周囲の生活も、何も変わらない。
些細《ささい》な抵抗は、ため息という手段しか見つからない自分が悲しい。
この世の中に何を遺《のこ》せるのか？　何者になりたいのか？
何者になれるのか？　自問自答をするのは思春期のせいなのだろうか？
私が病という名の悪魔に取り憑《つ》かれてしまったからなのだろうか？
なんで私だけ？　自問自答の日々は出口が見えない。
人生は不平等の連続だ。
例えば、どんなに食生活が乱れていたとしても病気にならない人もいる。
ましてや若いときに病気になるなんて、ごく稀《まれ》だ。
百歩譲って、歳を重ねた上で病気になるならば納得しよう。
逆にどんなに食生活や健康に気を使っていても、病気を発生してしまう人もいる。
それは、遺伝なのかもしれないし、遺伝すら超越《ちょうえつ》したものなのかもしれない。
今日は定期健診の日で、通院している病院へ来ている。学校には遅れていく予定だ。
定期健診が終わり、会計を済ませて病院の廊下の長椅子に座っていた。
そんなとき、会いたくない絶滅危惧種の姿が近づいてきた。

その姿に見覚えがあり、まさか……と思っていたら、嫌な予感が的中する。

私は彼を知っている。

万が一でも、気づかずに素通りしてくれないだろうかと心の底から願っていた。

でも、それはかないそうにもない。

目と目があう。ここで逸《そ》らすが、もう遅い。

相手の認識センサーは完全に私をとらえたと感じる。

知りあいだという表情が手に取るようにわかる。

気づかないでいてほしかった。

目があったのは絶滅危惧種の生物だった。

一般的に絶滅の恐れがある野生生物は『レッドリスト』と呼ばれている。しかしながら、多分、彼らが絶滅してもこの世界に何の弊害《へいがい》もなく、むしろ絶滅してくれたほうが治安が良くなると考える人間が多いのが実情だろう。ある意味、試合でいうレッドカードに近いことをしでかすものをレッドリストと呼んでもいいかもしれない。

そう。目の前から近づいてきたのは、この令和の時代、絶滅しているはずの絶滅危惧種と囁《ささや》かれている不良。今時、ダサい、ありえない、時代錯誤《さくご》と言われようと、この男は、不良という己のスタイルを確立している。ある種のこだわりを持って生きているのだろう。髪の毛は長めのぼさぼさした感じであり、制服の着こなし方は校則違反。ワイシャツの裾はスラックスの中に入れてはいない。スラックスに関しては裾が長く地べたについているため、ぼろぼろになっている。

「あれ、おまえは同じクラスの……えーと」

名前が出てこないくらいの顔しか知らないクラスメイト。
・・・・・こんなところで会うなんて——。
正直言って、会いたくなかった。

思わず顔を鞄《かばん》で隠すが時すでに遅し。

彼は同じクラスのヤンキーポエマーと密かに囁《ささや》かれている男だ。

ずいぶんと痛いあだ名だが、彼は個性的でケンカが強い不良と認識されている。

見た目を含め、そのカリスマ性は充分だ。

「私の名前を覚えてもいないのによく声をかけてきたよね」

「人知れず、白い箱の中で孤独にさいなまれている同級生。己が手をさしのべるが拒否される」

この男、無意識にポエムを口ずさむ。

「簡単にいえば、同級生であり、なんとなーく、顔を見たことがあるやつが総合病院にいたら、声くらいかけたくなるのが人情だろう」

彼はつまりこれを言いたかったらしい。

ここは都会の真ん中にある大きな総合病院。

大きな病気をした人や個人病院からの紹介患者が多数を占める。

入院病棟も充実しており、手術をする人は、たいていこの病院を紹介される。

診療科も多く、この街の最後の砦《とりで》だ。

ここにいると、若者や学生は珍しいから目立つのかもしれない。

でも、こんなところで知りあいに会うとは思わなかった。

どうしてここにいるのかと聞くと、逆に私のことについて聞かれるかもしれない。

でも、自分のことを話したくない。ここは選択肢として沈黙しかないと思う。

「今日は母親の検査結果の説明があって病院に来たんだ。まさかあんたに会うとは」

「あんたじゃなくて、私の名前は美山綾《みやまあや》」

「あぁ、ビューティーマウンテンと書く美山さんか」

思い出したように呟《つぶや》く。

名前を知っているかどうか程度のクラスメイトの上条君《かみじょう》。

軽い感じなのは、いかにもこの男らしい見た目から想像はできる。

茶髪にところどころ赤いメッシュを入れた髪の毛はいかにも世間に牙をむいているかのような雰囲気だ。

意外にもこの絶滅危惧種は何も詮索《せんさく》してこなかった。

こんなところにいるということは、何かしらの病気だろうという想像は容易《ようい》だから
だろうか。学校を休んでいるということは、お見舞いとかそういう類《たぐい》のものではな
いと思っていたのかもしれない。
上条君が長椅子の隣に座る。一息ついて、発した言葉は――。
「最高の死に方って何だと思う？」
「え……？」
きっと病名を聞かれるのだと待ちかまえていた私は、思わぬ問いかけに言葉が止
まってしまう。
「俺、こう見えて幼少期は結構入院していた経験があるし、母親は近々手術予定でさ。
この病院とは深い縁があるんだよな」
いつも授業に遅れてくる遅刻魔。ただの不良でただのサボり魔だと思っていた。こ
の言葉を聞いて、目の前の人間に対する気持ちが百八十度変わった。
「お母さん、病気なんだ……」
とっさに出た言葉がこれとは、なんと気が利かない人間なのだろう。
きっと深い事情があるのだろう。でも、聞いていいものなのか戸惑う。
「ちなみに母親は乳がんを患《わずら》っているんだ。初期だから不幸中の幸いだけれど、外
科手術が必要だからな。手術後も放射線治療とかホルモン療法とかあってさ。時間も

金もかかるらしい。仕事との両立は厳しいかもしれないな」

「そっか……」

　それ以上何も言葉は出てこない。

　私の語彙力《ごいりょく》が人並み以下だということを思い知らされる。

「今まで何人かに聞いたことがあるんだけどさ。最高の死に方って眠るように死ぬことだと言った人もいた。ある人は、自宅で家族に囲まれて死ぬことだと言っていたな。でも、俺はどうにもピンと来なくてさ」

「どうして？　無難な答えだと思うよ。痛みを感じずに暖かい場所で、人の温かみを感じて死ぬことが最高じゃないの？」

「家族に囲まれて死ぬってことは、悲しむ家族がいるってことなんだよな。もし、まだ子供なら、悲しむ親がいるだろうし。それが高齢者だとしても、孫や子供が悲しむかもしれない。だから、孤独死って最高なんじゃないかって最近思うんだ。でも、近所の人とか大家さんに迷惑をかけるかもしれないから、最高とは言えないかもしれないな。だから、まだ解答は出ていない」

「そんなに難しいことを考えていたなんて意外」

「俺のことを馬鹿にしてるのか」

　この人、見た目と違って実は結構深い考え方をする人なのかも。

むやみに詮索してこない程よい距離を保っているし、案外いろいろ考えている。

つまり、自分以外の誰かのために、最高の死に方について考えているのだろう。

「私の最高の死に方は、苦痛がなく、迷惑をかけない死に方かな。拷問《ごうもん》されて死ぬのは嫌だし、病気だと苦痛が伴うだろうし、事故も痛いだろうから最高とは言えない。事故に遭った死体を誰かが拾うのでしょ。拾う人は、気持ちがいいものじゃないよね」

「最高の死に方としては、最高齢くらい長生きしてギネスに載って死ぬってのもありかな。周囲も納得の年齢だから、そこまで悲しまないかもしれない。それに、長生きしただけで記録を残せるのも悪くはない」

ひとり納得する彼は意外と話しやすい。

「長生きって案外難しいんだよ。どんなに努力しても生まれながらの健康体には、一般人は太刀打ちできないと思うし」

「確かにな。だから、俺は煙草《たばこ》と酒はやらない主義だな」

「まだ未成年だから、やるべきじゃないでしょ」

「黄昏時《たそがれどき》に一本の煙草と缶コーヒー。紅に染まった美しい空。思いとどまり、花火に火を灯《とも》す。なんてな」

ヤンキーポエマーと言われているだけあって、やたらポエムを会話に挟《はさ》んでくる。

少し話してみると、案外面白い人なのかもしれないと思う。

そして、思わぬところで議論が白熱していることに驚く。

元々、学校には病院へ行ってから登校すると伝えているので、急いで行く必要もない。

「今から学校には行かないの？　私は早く終わったら学校に行こうと思っていたんだけどね」

診察も終わり、会計も済んでいたので、どこの科を受診したのかも知られないで済んだことに安堵《あんど》する。この男は、私の病気に対して一切聞いてこない。気を遣ってているのか興味がないのか微妙なところだ。

なにせ、今日が初会話のクラスメイト。

距離があって当然だ。

ましてや私は不良でも何でもない。

「美山さんは本当に真面目だな。秋晴れってさぁ。なんか気持ちいいよな。空が高いんだよ。空気は澄んでいて、気温もちょうどいい。俺はこの季節が一番快適で好きなんだよ。天気がこんなにいいのに、本気で学校に行く気なのか？」

建物を出ると大きな病院内の公園がある。

都心部にもかかわらず、緑が多い。

都会の喧騒《けんそう》も車の排気ガスも騒音も、全て生い茂る木々がかき消してくれる。

「せっかくだから、もう少し病院内の公園のベンチで話をしていたいかな」

「俺、今日は授業バックレる予定だったけどな。秋空の下で真紅に染まる木々を見て、友情を育《はぐく》み黄昏る」

ポエムを一言添える。

「ヤンキーポエマーらしいね」

「世間が俺をヤンキーポエマーって呼んでいるのは知っているけれど、痛いあだ名がついたもんだよな。ケンカの前に一言ポエム風なことを言ってからボコボコにしていたせいだけどさ」

この男、あだ名を気にしている様子はない。

ケンカというのも作り話のように思える。

クスリと心の中で笑ってしまう。

世間体とか気にしないから、髪の毛も派手に染めているのだろうか。

それとも彼なりの自己主張なのかもしれない。

「上条君は家事はやっているの？」

「母親が入院しているから、家事は全部自分でやらなきゃいけないからさ。結構家事は得意になったかもな」

「お母さん、早く良くなって退院できるといいよね」

「でも、乳がん治療の道のりは年単位らしい。最低五年は内服薬のホルモン療法。ホルモン療法も最近は十年が主流になっているらしい。経過観察は十年だって。長いよな。今回は初期だったから、抗がん剤を使用しなくてよさそうだけれど、手術後に検査しなきゃわからないってさ。だから、まだ抗がん剤についてはどうなるか確定ではないんだ」

「十年は長いよね。そして、抗がん剤を使用するとなると大変だよね」

「手術で治る時代になっているけどさ。不健康を抱えたままで生きるっていうのは本人が一番辛いと思う」

病院内の公園を歩きながら、初めてにもかかわらず、いろいろと会話をする。

私たちは木漏《こも》れ日が注《そそ》ぐ院内の公園のベンチでたたずむことにした。

人工芝生は丁寧に手入れがされていて、足元にはクローバーが広がっていた。

夏とは違う音色の虫の声に変化しつつある秋の初め。

「AYA世代のがんって知ってる？」

初めて話す相手にこんなことを話す気は本当はゼロだった。

「何となくは、聞いたことはあるな」

空気が思いの外澄んでいて、授業を受けなくて正解のような気がした。

少しためてから、彼は言葉を放つ。

「ＡＹＡ世代のがんっていうのが、十五歳から三十九歳っていうのは知っているよ」

誰かに聞いてほしかったのかもしれない。

程よい距離の知りあい。

彼氏がいるわけでもないけれど、いたとしても、彼氏や友達にも話したくはない。

顔見知り程度の人ならば、大して同情することもないだろうし、きっと聞き流してくれる。そんな相手をどこかで探していたのだろう。

「ＡＹＡ世代って小児に好発する小児がんと成人に好発する成人がんがともに発症する可能性があるらしいの。皮肉なことに私の名前は綾」

「そっかー。でも、十五歳から三十九歳までっていうのもずいぶん幅があるよな」

しばらく沈黙は続き、時間が過ぎる。

「それ以上聞かないんだね」

「今日初めて話した人にいろいろ話したくないだろ。話したくなったときに話せばいいしさ。どっちにしても聞くことしかできねーし」

手を頭の後ろに組みながら、ヤンキーポエマーこと上条君はゆっくり歩く。

歩幅を私にあわせてくれているのだろう。

「病《やまい》なんてめぐりあわせのひとつだと思うんだ。逃れられない場合も多い。どんなに節制しても、気をつけていても、予防できないことは実際、星の数ほどあるだろ」

「星の数って何個なんだろうね。でも、きっとすごくたくさんあるってことだよね。案外、上条君はいい不良なんだね」

いい不良、という表現は適切なのかはわからないが、そんな言葉しか出てこなかった。

「四十代前半でもがん発症者の中では若いって言われているんだ。だから、十代なんて相当若い部類だろうなって。家族が手術することになって、いろいろ病気について調べて考えた。身体にいい食べ物や健康食品も調べてさ。手術がうまくいくといいけれど……」

「上条君は勉強家なんだね。私、上条君のことを誤解していたかも。通院していることは秘密にしてるんだ。だから、クラスの人たちには言わないでね」

心地良い間。優しい間が漂《ただよ》う。何も言わないし、聞かない。プライベートゾーンに無理に入り込まない人。

「つーか、俺とお前の友達ってリンクしてないよな」

「言われてみれば、重なってる友達っていないね。私の友達、不良じゃないし」

「不良って案外人情に厚いやつも多いし、俺らは全員煙草も酒もやらねーよ」

「なんで不良なんてやっているの？」

「まぁ、理不尽な世の中に少しでも抵抗してるのかもしれないな。奇抜な格好をしないと自己主張ができないだけなのかもしれないけどさ」

「また、明日の放課後、病院内のカフェに来るね。あそこなら、学校の人に会わないだろうし。お見舞いがあるから、上条君は来るでしょ」

「見舞いがあるから、毎日通うつもりだ」

「じゃあ、最高の死に方について考えておくよ」


次の日、病院内のカフェで待ち合わせをした。

病院内のテレビではニュースが流れており、殺人犯Zの特集をしていた。

殺人犯ばかりを狙う殺人犯で、いまだ行方知れず。インパクトがあり、誰もが耳にしたことのある有名な事件だ。

男子と待ち合わせをしたのは、生まれてこのかた初めてだ。

不良というくくりで見ていたけれど、案外普通の男子だということに気づかされた。話すことも考えていることも特別悪いことではない。ただ、格好が派手なだけだ。ケンカ三昧《ざんまい》というのも噂《うわさ》だったのか、そんな素振《そぶ》りはない。

上条君と会って、昨日の夜、風呂やベッドに入って考えてみたことについて話す。

「最高の死に方について考えてみたんだ。猫を参考にしてみたんだけどさ。猫は大好きな人がいる前で死なないって聞いたことがあるんだよね。つまり飼い主から離れて家出をするってこと。それって理想的なのかなって思うの。どこかで生きているかもしれないっていう余地が飼い主に現実を突きつけないでしょ」

「美山さん、結構考えてるな。俺の友達なんて、いい女ができたら死んでもいいとか、大金持ちになって死ぬことが最高だとか言ってるからな」

「それも、ひとつなのかもしれないね。人によって価値観は違うのだから。もちろん正解はないと思うけれど。私にとって最高の死に方は、笑って死ぬことかもしれない。たくさんの思い出を胸にしまって笑顔でこの世を去るっていうのが一番だよね」

「そーいえば、美山さんが笑っているのを見たことがない。俺と話していても全く笑わないし、無表情だよな」

「仕方ないでしょ。いろいろあるのよ。それに私の性格上大笑いなんてしないんだから」

「大笑いするまで死ぬんじゃねーぞ。必ず、お前を笑わせてみせるからさ」

それってどーいう意味？

「とにかく、まだ思い出もなにも俺たちにはないんだから、もっとたくさんの思い出を作らないと死ねないと思うんだ」

「そのとおりだね」

なんだか、じんわりする言葉だった。

一生懸命励ましてくれている姿は案外可愛い。

「病院内のカフェで待ち合わせする相手がいないと、俺としては結構困る」

「友達少ないもんね」

ここはお互い様で苦笑いだ。大笑いとはいかない。

「逆視点だとさ。最高の殺し方ってなんだろうな」

「不謹慎《ふきんしん》な質問だね。でも、哲学じみていて嫌いじゃない」

「最近話題になったニュースがあるよな。殺人犯Zが最後の事件を起こして、逃亡してから、十五年経ったらしいよな」

「あぁ、そんな事件があったね。殺人犯ばかり狙う殺人犯でしょ。珍しい事件だったし、連続でどんどん残酷な方法で殺す通称Z。子供の頃、特集番組を見たけれど、なんだかとても怖かったな」

「Zっていうのはもう後がないっていう意味らしい。つまりお前の命はここまでだっていうことだよ」

「当時ネットを中心にZ信者もいたよね。Zはヒーローだと称賛《しょうさん》する人も多かったけれど、素性《すじょう》は一切不明。殺人方法もあまりにも素早く様々な方法で殺しているから、プロの殺し屋だっていう話だよね」

沈黙が少しばかり続いた。開口一番に驚きの言葉が耳に入ってきた。

「Zって俺の父親かもしれない」

「なにそれ？」

突然のカミングアウトだが、きっと冗談だろう。

「母親が言っていたんだ。お前はZがこの世に遺《のこ》した子供だと」

「それ、本当なの？」

「写真も見たことあるけれど、普通の人だったよ。俺と目鼻立ちは似ていたかな」

「殺人犯って意外と普通だっていうよね。アニメのようないかにもっていう人は現実にはいないって。でも、今も生きているの？　海外逃亡説か自殺説が有力らしいけれど、それって本当なのかな」

「Zは最後にやり遂げたかった殺人を終えて、Zという活動を終了したと母親は言っていた。彼は正義を貫いただけ。見方によっては悪かもしれないけれど、彼は正義だって。今でも母親はZを愛している。だから、二人を会わせてあげたいんだけれど、警察が指名手配しても見つからない人間を探せないよな。母親は絶対にあの人は生きてるって言っているけれど、世間から隠れてしまった男に会うなんて夢のまた夢だ。捨てられたことに気づいてないんだよ」

「でも、Zだとばれてないなら、普通の生活だって可能じゃない？」

「でも、慎重なZは絶対に俺たちの前には現れないと思うな。実際、会った記憶は幼少期にはあるんだ。でも、本当にZだったのかなんて調べようもないしな」

「Zは痕跡《こんせき》を事件現場に残さない主義らしいからね。海外で殺し屋に訓練を受けたとか、いろいろな憶測《おくそく》が生まれたよね。カリスマ性がすごいよね。最高の殺し方についていえば、Zのやり方って私は嫌いじゃない。法で裁けないものを裁く。悪は悪で制裁するっていいと思う」

「じゃあ、最高の殺され方って何だろうな」

「そうだなぁ……この人に殺されてもいいってことなのかもしれないね」

「母親はZに殺されてもいいくらい愛してるから、あながち間違ってないかもしれないな。Zは女はひとりと決めたら浮気する人じゃなかったって言ってたな。でも、事情が事情で未婚の母ってことらしい」

カフェでコーヒーを飲んだあと、公園内を散歩する。

私たちは赤く染まった木々の中を歩き出す。

真紅の紅葉《もみじ》はとても美しく、終わりを迎えるからこそ美しくありたいと願う人の姿を紅葉《こうよう》に重ねると、とても理想的だ。

よそ見をしていると、トレンチコートを着た背の高い細めな体型の男性とすれ違う。

モデルのように脚が長い。

男性は何も言わずに行ってしまった。

「あれ？　この紙切れ、いつの間にかポケットに入ってる」

上条君のポケットに入っていたのは一枚の紙切れだった。

遠くまで見渡すも、先程のトレンチコートの男はいない。

横を見ると、上条君はトレンチコートの男を追って走っていったが、見失ったらしい。

「母親の病室に行ってみる」

しばらく待っていると、上条君が戻ってきた。息があがっている。

「やっぱり、父親が来たらしい。すれ違った瞬間、Ｚだとピンと来たんだよ」

「そうなの？　その紙切れになんて書いてある？」

「Ｈｅ　Ｓｈｏｒｅ　Ｆｌｏｗｅｒ　親愛なる妻と息子へ」

朱色の手書きで書かれたシンプルな文字だ。

「英語を日本語に訳すと、彼、岸、花だよね」

スマホで検索する。

「赤の彼岸花《ひがんばな》の花言葉は『情熱』『思うのはあなたひとり』。毒のあるこの植物を食べたあとには死しかない、ということに名前が由来するという説もあるらしい。死しかないなんてＺらしいじゃないか」

スマホを見つめて説明してくれる上条君。

どういう意味だか理解するのに時間がかかる。

「彼岸花は赤のイメージが強い。だからあえて、朱色で書いたのかもしれない。赤い彼岸花の花言葉にかけて、今でも妻子を思い続けているっていうメッセージなのかもしれないな。逃亡犯だから、なるべく痕跡を残さないように、花言葉を暗号にして気持ちを伝えたのだろう。母親が手術をすることを知って会いに来たのかもしれない」

「Zに対する印象がすごく変わったよ。今でも、入籍こそしていないけれど、二人は思いあっている夫婦なんだね。そして、彼なりの正義があったんだね。それは決して許されることじゃないけれど、もし、身内が誘拐犯に殺されて、Zがその誘拐犯を殺してくれたとしたら――視点を変えたら彼はきっと英雄になると思う」

そんなセリフが私から出るとは思いもしなかった。

「彼岸花に例えた愛情は美しい家族の永遠の形となる。たとえ紙切れ一枚だとしても」

上条君のポエムは相変わらずだ。

「最高の死に方って選べないと思う。でも、もし選べるのなら、好きな人間を思いながら死にたいな」

結論はこれだと思った。いろいろ考えた結果、たどり着いた答えだ。

「そんな相手、見つかるのか？」

「案外近くにいるのかもしれないよ。灯台下暗しっていうし」

「大切な人は灯台下暗し。気づいたら共に過ごす時間が増えていく。そんな時間が愛《いと》しくなっている」

見上げると上条君と目があう。

「Zの息子ってことは美山さんにしか言ってない。Zは指名手配犯だけれど、俺はもっと彼の本質を知りたいと思った。Zのやったことは許されないことだ。俺自身、父親の存在と向きあうのが怖くて、誰も逆らえないようにこんなド派手な格好でカモフラージュしていたのかもしれない」

結局、病気について上条君は詮索してこないし、話せてはいない。

今度花言葉で思いを伝えたい。そんな気持ちになった。

通院していなかったら、話をすることもなかった。

初めて病気に感謝する。

「人生、明日何があるかわからない。だから、最高の生き方を求めないとね」

私の最高の生き方の結論だ。

自然と笑顔になる。

「あっ、綾が笑った！」

下の名前で呼ばれるとくすぐったい。

私、案外笑えるんだ。

どんなに不幸だとしても、持病があっても、今、笑えている。
寄り添ってくれる人がいるからかな。
私たちの関係は始まったばかりだ。
最高の死に方、最高の殺し方、最高の殺され方、最高の生き方。
これって案外紙一重なのかもしれない。

この物語はフィクションです。実在の人物、団体等とは一切関係がありません。

各先生へのファンレターのあて先
〒104-0031　東京都中央区京橋1-3-1　八重洲口大栄ビル7F
スターツ出版（株）書籍編集部 気付
お送りしたい先生のお名前

5分後に世界が変わる
～不思議な出会い編～

2023年8月28日　初版第1刷発行

編　者　スターツ出版文庫編集部
著　者　百度ここ愛 ©Cocoa Hyakudo 2023　よすが爽晴 ©Souha Yosuga 2023　天野つばめ ©Tsubame Amano 2023
春川えり ©Eri Harukawa 2023　三峰 ©Mitsumine 2023　藤白 ©Fujishiro 2023　雨 ©Ame 2023
朱宮あめ ©Ame Shumiya 2023　上原もも ©Momo Uehara 2023　桜詩 ©Haruka 2023
雪月海桜 ©Misa Yuzuki 2023　白井くも ©Kumo Sirai 2023　響ぴあの ©Piano Hibiki 2023

発行人　菊地修一
デザイン　フォーマット　西村弘美
カバー　おおの蛍（ムシカゴグラフィクス）
発行所　スターツ出版株式会社
〒104-0031
東京都中央区京橋1-3-1　八重洲口大栄ビル7F
出版マーケティンググループ　TEL 03-6202-0386
（ご注文等に関するお問い合わせ）
URL　https://starts-pub.jp/
印刷所　大日本印刷株式会社

Printed in Japan

ISBN　978-4-8137-1473-6　C0193

スターツ出版文庫　好評発売中!!

『夜が明けたら、いちばんに君に会いにいく～Another Stories～』　汐《しお》見《み》夏《なつ》衛《え》・著

『夜が明けたら、いちばんに君に会いにいく』の登場人物たちが繋ぐ、青春群像劇。茜のいちばん仲良しな友達・橘沙耶香、青磁の美術部の後輩・望月遠子、不登校に悩む茜の兄・丹羽周也、茜の異父妹・丹羽玲奈…それぞれが葛藤する姿やそれぞれから見た青磁、茜のふたりの姿が垣間見える物語。優等生を演じていた茜×はっきり気持ちを言う青磁の数年後の世界では、変わらず互いを想う姿に再び涙があふれる──。「一緒にいても思っていることは言葉にして伝えなきゃ。ずっと一緒に──」感動の連作短編小説。

ISBN978-4-8137-1462-0／定価638円（本体580円+税10%）

『君がくれた青空に、この声を届けたい』　茉白《ましろ》いと・著

周りを気にし、本音を隠す瑠奈は、ネット上に溢れる他人の“正しい言葉”通りにいつも生きようとしていた。しかし、ある日、瑠奈は友達との人間関係のストレスで自分の意志では声を発せなくなる。代わりに何かに操られるようにネット上の言葉だけを勝手に話してしまうように。最初は戸惑う瑠奈だが、誰かの正しい言葉で話すことで、人間関係は円滑になり、このまま自分の意見は言わなくていいと思い始める。しかし、幼馴染の紘だけは納得のいかない様子で、「本当のお前の声が聞きたい」と瑠奈自身を肯定してくれ──。

ISBN978-4-8137-1463-7／定価671円（本体610円+税10%）

『365日、君をずっと想うから。』　春《はる》瀬《せ》恋《れん》・著

過去のトラウマから友達もおらず、家族ともあまりうまくいっていない高２の小暮花。孤独と共に生きていた彼女はある春の日、綺麗な顔立ちのモテ男子・向坂蓮と出会う。「俺、未来から来たんだよ」──不思議な言葉を残していった彼と再会したのは、なんと花の通う高校。しかも蓮は、花のことをよく知っている様子。キラキラしていて自分とは正反対の世界にいるはずの彼なのに、なぜかいつも味方でいようとしてくれて…？　タイトルの意味を知った時、きっと感動が押し寄せる。青春×恋愛ストーリー！

ISBN978-4-8137-1459-0／定価715円（本体650円+税10%）

『鬼の花嫁　新婚編三～消えたあやかしの本能～』　クレハ・著

新婚旅行を終え、玲夜の隣で眠りについたはずの柚子。でも目覚めたときには横に玲夜はおらず、まったく違う場所にいた。『私の神子──』と声が聞こえ現れたのは、銀糸のような長い髪の美しい神だった。突然目覚めた神に、消えた神器を探すよう告げられ、柚子は玲夜とともに奔走するけれど…⁉ それはあやかしの溺愛本能を消す代物だった。「たとえ、本能をなくしても俺の花嫁はお前だけだ」文庫版限定の特別番外編・猫又の花嫁恋人編収録。あやかしと人間の和風恋愛ファンタジー新婚編第三弾！

ISBN978-4-8137-1461-3／定価660円（本体600円+税10%）

書店店頭にご希望の本がない場合は、書店にてご注文いただけます。